AÑOS DE ALEGRIA

ANOS DE ALEGRIA

Laura Ingalls Wilder

Tradução
Lígia Azevedo

Principis

Esta é uma publicação Principis, selo exclusivo da Ciranda Cultural
© 2024 Ciranda Cultural Editora e Distribuidora Ltda.

Traduzido do original em inglês
These Happy Golden Years

Produção editorial
Ciranda Cultural

Texto
Laura Ingalls Wilder

Diagramação
Linea Editora

Editora
Michele de Souza Barbosa

Ilustrações
Fendy Silva

Tradução
Lígia Azevedo

Revisão
Maria Luísa M. Gan

Dados Internacionais de Catalogação na Publicação (CIP) de acordo com ISBD

W673a	Wilder, Laura Ingalls.
	Anos de alegria / Laura Ingalls Wilder ; traduzido por Lígia Azevedo ; ilustrado por Fendy Silva. - Jandira, SP : Principis, 202. 192 p. ; 15,50cm x 22,60cm. (Os pioneiros americanos ; v. 8).
	Título original: These Happy Golden Years. ISBN: 978-65-5097-143-4
	1. Literatura infantil. 2. Família. 3. Educação. 4. Literatura americana. 5. Casamento. 6. Romance (gênero literário). I. Azevedo, Lígia. II. Silva, Fendy. III. Título.
	CDD 028.5
2023-1781	CDU 82-93

Elaborado por Lucio Feitosa - CRB-8/8803

Índice para catálogo sistemático:
1. Literatura infantil 028.5
2. Literatura infantil 82-93

1ª edição em 2024
www.cirandacultural.com.br

SUMÁRIO

Nota da tradução

Anos felizes, de 1932, é o penúltimo livro da série autobiográfica Little House, que deu fama à escritora Laura Ingalls Wilder. A série, iniciada em 1930 com *Uma casa na floresta,* quando a autora já estava com sessenta e três anos, foi traduzida para mais de quarenta idiomas e se tornou um clássico da literatura infanto-juvenil norte-americana.

A história de cunho autobiográfico de *Anos felizes* se passa ainda antes, a partir dos anos 1870, quando a família da autora viveu em diferentes partes do interior dos Estados Unidos.

Tendo se passado cento e cinquenta anos desde então, os jovens leitores de hoje sem dúvida vão estranhar alguns pontos da narrativa da autora. Por exemplo, que castigos físicos fossem livremente praticados nas escolas: quando se torna professora, Laura lamenta não ser grande o bastante para dar em um aluno "a surra que ele merecia", convencida de que "é disso que ele precisa". Ou que o preconceito contra pessoas não brancas fosse tão declarado: Grace alerta Laura para usar sua touca, ou, "como Ma diz, [...] vai ficar morena como um índio"; tio Tom conta sem constrangimentos sobre como invadiu território indígena para garimpar ouro e depois foi expulso pelo governo.

O que talvez mais chame a atenção em *Anos felizes,* no entanto, é a questão da mulher. Embora ao longo da série a protagonista pareça não se contentar com os papéis de gênero predefinidos, ajudando Pa em seu trabalho na propriedade, preferindo brincar com os meninos a passar o recreio dentro da escola e até mesmo expressando o desejo de permanecer solteira, ela abandona os estudos antes de concluí-los para se casar, e o trabalho de professora também. De fato, todos esperam que o faça.

Laura chega a dizer ao futuro marido que não prometerá obedecê-lo, mas logo em seguida, quando ele lhe pergunta espantado se ela é uma defensora dos direitos das mulheres – "como Eliza", personagem que é retratada de maneira negativa ao longo da série –, ela diz: "Não [...] Não quero votar". Como se os direitos das mulheres se restringissem ao voto e ao desejo pessoal de exercê-lo ou não, e fazendo questão de se afastar da imagem do que hoje chamamos de feminista.

A primeira convenção pelos direitos das mulheres nos Estados Unidos ocorreu em 1848, mas o direito ao voto só foi garantido constitucionalmente em 1920. Anos depois, a explosão do movimento feminista na década de 1960 culminou em transformações culturais profundas e em conquistas importantes para as mulheres americanas na educação, no mercado de trabalho e no âmbito pessoal e político.

Importante lembrar, no entanto, que as mulheres não só têm um longo caminho a percorrer para atingir a tão sonhada igualdade como ainda travam uma luta constante para manter suas conquistas históricas, que estão sempre sob ameaça, não só nos Estados Unidos, mas no Brasil e no mundo. Como disse a filósofa francesa Simone de Beauvoir: "Nunca se esqueça de que basta uma crise política, econômica ou religiosa para que os direitos das mulheres sejam questionados".

Laura vai embora

O céu estava aberto naquela tarde de domingo, e a pradaria coberta de neve cintilava ao sol. Uma leve brisa soprava do sul, mas estava tão frio que as lâminas do trenó faziam barulho ao deslizar sobre a neve compactada. Os cascos dos cavalos produziam um baque surdo, *clop, clop, clop.* Pa não dizia nada.

Laura tampouco dizia, sentada ao lado dele na tábua colocada sobre o trenó. Não havia nada a dizer. Ela estava a caminho da vizinhança onde lecionaria.

No dia anterior, Laura era uma estudante; agora, era uma professora. Tudo havia acontecido repentinamente. Ela preferiria ir para a escola com Carrie, sua irmã mais nova, no dia seguinte, e se sentar com Ida Brown. Mas, no dia seguinte, ia dar aula.

Na verdade, nem sabia como fazê-lo. Nunca tinha dado aula. Nem havia completado dezesseis anos, e era pequena para uma garota de quinze. Agora, sentia-se ainda menor.

O terreno coberto de neve e levemente ondulado em volta estava vazio. O céu parecia distante e vazio também. Laura não olhou para trás, mas tinha certeza de estar a quilômetros da cidade, que não devia passar de uma manchinha escura na branquidão da pradaria. Ma, Carrie e Grace estavam longe, sentadas na sala quentinha.

O assentamento de Brewster ficava mais à frente, a vinte quilômetros da cidade. Laura não sabia como era o lugar. Não conhecia ninguém ali. Havia visto o senhor Brewster apenas uma vez, quando ele fora contratá-la para lecionar na escola. Era um homem magro e moreno, como qualquer outro proprietário; ele não tinha muito a dizer sobre si mesmo.

Pa mantinha os olhos à distância enquanto segurava as rédeas nas mãos enluvadas e de tempos em tempos incentivava os cavalos. Sabia como Laura se sentia. Finalmente, ele virou o rosto para ela e falou, como se respondesse aos medos da filha em relação ao dia seguinte:

– Muito bem, Laura! Agora você é uma professora! Já sabíamos que seria, não é? Só não esperávamos que acontecesse tão cedo.

– Acha que vou conseguir, Pa? – Laura respondeu. – Talvez... talvez as crianças não se importem quando virem que sou pequena.

– Claro que vai conseguir – Pa garantiu a ela. – Você nunca fracassou em nada que tentou, não é?

– Bem, não – Laura admitiu. – Mas nunca tentei ser professora.

– Você deu conta de todos os trabalhos que se apresentaram – Pa disse. – Nunca se esquivou, e sempre se manteve firme até terminar o que tinha se proposto a fazer. O sucesso se torna um hábito, como tudo em que uma pessoa insiste.

De novo, fez-se silêncio, a não ser pelo barulho das lâminas do trenó e pelo *clop-clop-clop* dos cascos dos cavalos sobre a neve dura. Laura se sentia um pouco melhor. Era verdade, ela sempre continuara tentando; sempre teve de fazer. E agora precisava trabalhar como professora.

– Lembra daquela vez no riacho Plum, quando Ma e eu tínhamos ido para a cidade e começou uma nevasca, canequinha? – Pa perguntou. – Você conseguiu levar a pilha toda de lenha para casa.

Laura deu risada. O riso de Pa soou como sinos na quietude fria. Ela era pequena e ficara muito assustada e atrapalhada naquele dia, tanto tempo atrás!

– É assim que devemos enfrentar as coisas – Pa disse. – Confie em si mesma e dará conta de tudo. Ter confiança em si mesma é a única maneira de fazer com que outras pessoas confiem em você. – Ele parou por um momento, depois disse: – Mas há algo a que deve se atentar.

– O quê, Pa? – Laura perguntou.

– Você é muito rápida, canequinha. Costuma agir ou falar primeiro, e pensar depois. Agora, deve pensar primeiro e falar depois. Se conseguir se lembrar disso, não terá nenhum problema.

– Farei isso, Pa – Laura disse, sincera.

Fazia frio demais para conversar. Aconchegados debaixo de cobertores e colchas pesados, eles seguiram em silêncio na direção sul. O vento frio batia em seus rostos. Rastros leves de um trenó se estendiam à frente. Não havia mais nada para ver além do chão branco infinito e o imenso céu pálido, e as sombras azuis dos cavalos borrando o brilho da neve.

O vento mantinha o grosso véu de lã que Laura usava ondulando diante de seus olhos. Sua respiração se transformava em um pedaço que gelo no véu que continuava, frio e úmido, batendo contra sua boca e o nariz.

Finalmente, ela viu uma casa à frente, a princípio bem pequena, mas que foi aumentando de tamanho conforme se aproximavam. A menos de um quilômetro havia outra, menor, e mais além uma terceira. Então, mais uma apareceu. Eram quatro casas, nada mais. Distantes e pequenas na pradaria branca.

Pa fez os cavalos pararem. A casa do senhor Brewster parecia duas cabanas unidas, compondo um telhado pontiagudo. O papel de alcatrão ficava aparente, e a neve derretida formara pingentes de gelo mais grossos que os braços de Laura ao longo do beiral. Pareciam dentes enormes e afiados. Alguns mordiam a neve, outros tinham quebrado. Os pedaços de gelo quebrado se acumulavam na neve perto da porta, onde a água da louça havia sido jogada. A cortina não tinha janela, e saía fumaça da chaminé presa ao telhado com arame.

O senhor Brewster abriu a porta. Uma criança estava gritando dentro da casa, de modo que ele precisou falar alto para ser ouvido.

– Entre, Ingalls! Entre e se esquente.

– Obrigado – Pa disse. – Mas é uma viagem de quase vinte quilômetros até a casa, então é melhor eu ir embora.

Laura saiu de debaixo das cobertas rapidamente, para não deixar o frio entrar. Pa lhe entregou a mala de Ma, na qual havia uma troca de roupas de baixo, seu outro vestido e seus livros.

– Adeus, Pa – ela disse.

– Adeus, Laura – ele respondeu, e seus olhos azuis pareceram sorrir de maneira encorajadora. Mas vinte quilômetros de distância era longe demais para fazer a viagem com frequência. Ela ficaria dois meses sem ver Pa.

Laura entrou depressa na casa. Ao sair da claridade, não conseguiu ver nada por um momento. O senhor Brewster anunciou:

– Esta é a senhora Brewster. E Lib, esta é a professora.

Havia uma mulher carrancuda no fogão, mexendo alguma coisa na frigideira. Um menininho se segurava à saia dela, chorando. Seu rosto estava sujo e o nariz precisava de um lenço.

– Boa tarde, senhora Brewster – Laura disse, com toda a animação que conseguiu.

– Tire o casaco no outro cômodo – a senhora Brewster disse. – Pendure atrás da cortina, onde está o sofá.

Ela deu as costas para Laura e continuou a mexer o molho.

Laura não soube o que pensar. Não era possível que já tivesse ofendido a senhora Brewster. Ela passou ao outro cômodo.

Havia uma divisão bem no meio da casa, separando-a em duas partes iguais. As vigas e o telhado iam descendo dos dois lados até as paredes. As paredes de tábuas eram bem protegidas, mas não tinham acabamento por dentro, de modo que se viam os pregos. Era como a casa que Pa construíra em sua propriedade, mas era menor e não tinha forro, o telhado era aparente.

O outro cômodo estava bastante frio. Tinha uma janela que dava para a pradaria vazia e coberta de neve. O sofá ficava sob ela, junto à parede.

Era do tipo que se comprava pronto, com encosto curvo de madeira e uma ponta curvada para cima, e estava arrumado para alguém dormir. Havia uma cortina de chita marrom pendurada a uma corda que ia de um lado a outro da parede e escondia o sofá quando fechada. Do outro lado, havia uma cama encostada à parede, e ao pé dela cabiam apenas uma escrivaninha e um baú.

Laura pendurou o casaco, o véu e o gorro nos pregos atrás da cortina de chita e deixou a mala de Ma ao lado, no chão. Ela ficou ali, tremendo de frio, sem querer voltar para o cômodo aquecido em que a senhora Brewster se encontrava. Mas precisava voltar, e o fez.

O senhor Brewster estava sentado perto do fogão, com o menininho no colo. A senhora Brewster estava passando o molho para uma tigela. A mesa estava posta, os pratos e facas jogados de qualquer maneira sobre uma toalha branca manchada, toda torta.

– Posso ajudar, senhora Brewster? – Laura criou coragem para perguntar.

A mulher não respondeu. Passou as batatas para um prato, brava, e depois colocou na mesa, com um baque. O relógio na parede fez barulho, preparando-se para bater, e Laura viu que eram cinco para as quatro.

– Temos tomado café tão tarde que só temos feito duas refeições ao dia – o senhor Brewster explicou.

– E de quem é a culpa? – a senhora Brewster soltou. – Como se eu não fizesse o bastante, escrava da manhã até a noite desse…

O senhor Brewster ergueu a voz.

– Eu só quis dizer que os dias estão mais curtos…

– Então diga o que quer dizer!

A senhora Brewster arrastou o cadeirão até a mesa, pegou o menino e o sentou em seu colo, com firmeza.

– A comida está servida – o senhor Brewster disse a Laura.

Ela se sentou no lugar vago. O senhor Brewster passou-lhe as batatas, o porco salgado e o molho. A comida estava boa, mas o silêncio da senhora Brewster era tão desagradável que Laura mal conseguia engolir.

– A escola fica longe daqui? – ela perguntou, tentando ser simpática.

O senhor Brewster explicou:

– Fica a menos de um quilômetro, em uma antiga cabana. O antigo ocupante do terreno foi embora. Largou tudo e voltou para o Leste.

Depois disso, ele ficou em silêncio também. Com medo, o menino se esforçava para alcançar tudo na mesa sozinho. De repente, ele deixou o prato de lata cheio de comida cair no chão. A senhora Brewster bateu nas mãos do filho, que gritou. E continuou gritando, enquanto chutava a perna da mesa.

Finalmente, a refeição terminou. O senhor Brewster pegou o balde de leite pendurado em um prego na parede e foi para o estábulo. A senhora Brewster sentou o menino no chão, e aos poucos ele parou de chorar, enquanto Laura tirou a mesa. Então ela pegou um avental da mala de Ma, amarrou-o sobre o vestido marrom e pegou um pano de prato para secar a louça que a senhora Brewster lavava.

– Qual é o nome do menino, senhora Brewster? – ela perguntou, torcendo para que a mulher fosse um pouco mais agradável.

– John.

– É um belo nome – Laura disse. – Dá para chamá-lo de Johnny quando pequeno, e depois que crescer John será um bom nome. A senhora o chama de Johnny?

A senhora Brewster não respondeu. O silêncio foi ficando cada vez mais incômodo. Laura sentiu o rosto queimar, mas continuou secando a louça. Quando acabaram, a senhora Brewster jogou fora a água e pendurou a bacia no prego. Ela se sentou na cadeira e ficou se balançando preguiçosamente, enquanto Johnny entrou debaixo do fogão e puxou o rabo do gato. Ele berrou quando o gato o arranhou. A senhora Brewster continuou se balançando.

Laura não ousou interferir. Enquanto Johnny gritava sem parar e a senhora Brewster se balançava, carrancuda, ela se sentou em uma cadeira à mesa e ficou olhando para a pradaria. A estrada seguia reta pela neve até sumir de vista ao longe. Ela estava a vinte quilômetros de casa. Ma devia estar preparando o jantar; Carrie já devia ter chegado da escola; as duas deviam estar rindo e conversando com Grace. Pa chegaria e pegaria Grace em seus braços, como costumava fazer com Laura quando ela era pequena. Eles continuariam conversando durante o jantar. Mais tarde, iam se sentar à luz da lamparina para ler enquanto Carrie estudava. Depois, Pa tocaria a rabeca.

O cômodo foi ficando cada vez mais escuro. Laura não conseguia mais ver a estrada. Finalmente, o senhor Brewster voltou com o leite. Só então a senhora Brewster acendeu a lamparina. Ela coou o leite e deixou a leiteira de lado, enquanto o senhor Brewster se sentava e abria o jornal. Nenhum dos dois falou. Um silêncio desagradável e pesado voltou a se instalar.

Laura não sabia o que fazer; era cedo demais para ir dormir. Não havia outro jornal ou qualquer livro ali. Então ela pensou nos livros da escola. Foi para o outro cômodo, frio e escuro, abriu a mala de Ma e tateou até encontrar seu livro de História. Então, levou-o até a cozinha e se sentou à mesa para estudar.

Pelo menos não há o que atrapalhe meus estudos, Laura pensou. Estava triste e sentia-se tão dolorida como se tivesse levado uma surra, mas gradualmente esqueceu onde estava, mantendo a mente fixa em História. Finalmente, ouviu o relógio bater oito horas. Então se levantou e deu boa-noite, com educação. A senhora Brewster não respondeu, mas o senhor Brewster sim:

– Boa noite.

Laura tirou o vestido e a anágua no outro cômodo, morrendo de frio, para colocar a camisola de flanela. Ela entrou debaixo das cobertas do sofá e fechou a cortina de chita. O travesseiro era de penas e havia lençóis e muitas colchas, mas o sofá era bastante estreito.

Ela ouviu a senhora Brewster falando muito rápido, furiosa. As cobertas estavam puxadas de modo a deixar apenas a partir da ponta do nariz no frio, mas Laura não conseguiu evitar ouvir as queixas da mulher.

– ... bom para você, mas agora tenho uma pensionista! ... esse lugar horrível! ... Professora, por favor! ... também poderia, se não tivesse me casado com...

Laura pensou: *Ela não quer receber uma professora, é só isso. Ficaria brava independente de quem viesse.* Laura fez o seu melhor para não ouvir mais e dormir. No entanto passou a noite preocupada com a possibilidade de cair do sofá estreito e com o início das aulas no dia seguinte.

O primeiro dia de aula

Laura ouviu a tampa do fogão bater. Por um instante, estava na cama com Mary, enquanto Pa acendia o fogo. Então, viu a cortina de chita e se lembrou de onde estava, e que naquele dia começaria a lecionar.

Ela ouviu o senhor Brewster pegar o balde de leite e a porta se fechando atrás dele. Do outro lado da cortina, a senhora Brewster se levantou. Johnny choramingou, mas permaneceu deitado. Laura não se moveu. Achava que, caso se mantivesse imóvel, poderia impedir o dia de nascer.

Quando o senhor Brewster entrou com o leite, ela o ouviu dizer:

– Vou acender o fogo na escola. Volto para o café.

A porta se bateu atrás dele novamente.

De uma só vez, Laura jogou as cobertas de lado. O ar estava gelado. Seus dentes batiam e seus dedos estavam tão rígidos que ela não conseguia abotoar os sapatos.

A cozinha estava menos fria. A senhora Brewster havia quebrado o gelo da superfície do balde de água e estava enchendo a chaleira. Ela foi simpática ao responder ao bom-dia de Laura, que encheu a bacia de água e lavou as mãos e o rosto no banco à porta. A água gelada fez suas bochechas formigarem. Seu rosto pareceu corado e brilhante no espelho sobre o banco enquanto ela penteava o cabelo.

Enquanto as fatias de porco salgado fritavam, a senhora Brewster cortava rodelas de batatas cozidas frias sobre outra frigideira no fogão. Johnny se remexia no quarto. Laura prendeu as tranças rapidamente, colocou o avental e disse:

– Eu cuido das batatas enquanto você o veste.

Enquanto a senhora Brewster levava Johnny até o fogão e o aprontava para o café da manhã, Laura terminou de cortar as batatas, temperou com sal e pimenta e tampou a frigideira. Depois, virou as fatias de porco e pôs a mesa.

– Fico feliz que Ma tenha me deixado trazer este avental – ela comentou. – Gosto de aventais bem grandes, que cobrem o vestido todo. A senhora não?

A senhora Brewster não respondeu. O fogo tinha pegado bem e o cômodo estava aquecido, ainda que parecesse gélido. Apenas palavras curtas e necessárias foram ditas à mesa do café.

Foi um alívio para Laura colocar o casaco, pegar os livros e o balde com a refeição e sair. Ela percorreu o caminho de menos de um quilômetro de neve até a escola, que permanecia intocado, a não ser pelas pegadas do senhor Brewster, que eram tão espaçadas que Laura não podia andar sobre elas.

Enquanto avançava pela neve profunda, Laura soltou uma risada alta. *Bem!*, ela pensou. *Aqui estou eu. Com medo de seguir em frente, mas não voltaria por nada. Dar aulas não pode ser tão ruim quanto ficar naquela casa com a senhora Brewster. Ou pelo menos não pode ser pior.*

Laura sentia tanto medo que precisou dizer em voz alta: – *Tenho* que continuar.

Fumaça preta de carvão saía pela chaminé da cabana e subia pelo céu da manhã. Havia duas outras fileiras de pegadas à porta, e Laura ouviu vozes lá dentro. Reuniu coragem por um momento, então abriu a porta e entrou.

As paredes de tábuas não tinham acabamento e o sol entrava pelas rachaduras, iluminando uma fileira de seis carteiras no meio do cômodo.

Depois delas, na parede oposta, havia um retângulo pintado de preto nas tábuas, que fazia as vezes de lousa.

Diante das carteiras, havia um fogão grande. As laterais redondas e o topo estavam vermelhos por causa do fogo, e os alunos se reuniam em volta dele. Todos olharam para Laura. Eram cinco, sendo que dois meninos e uma menina eram mais altos que ela.

– Bom dia – Laura conseguiu dizer.

Todos responderam, sem tirar os olhos dela. Uma janela pequena perto da porta deixava um bloco de sol entrar. No canto perto do fogão, havia uma mesinha e uma cadeira. *Deve ser a mesa da professora,* Laura pensou. *Oh, meu Deus. Sou eu a professora.*

Seus passos ecoaram. Todos os olhos a seguiram. Laura deixou os livros e o balde com o almoço na mesa, então tirou o casaco e o gorro, que pendurou em um prego na parede, perto da cadeira. Havia um pequeno relógio na mesa. Os ponteiros mostravam que eram cinco para as nove.

De alguma maneira, ela precisava suportar aqueles cinco minutos antes de a aula começar.

Devagar, em silêncio, tirou as luvas e as guardou no bolso do casaco. Então olhou para os alunos e foi até o fogão, diante do qual estendeu as mãos, como se desejasse esquentá-las. Os alunos abriram lugar para Laura, ainda a encarando. Ela precisava falar alguma coisa. Tinha de falar.

– É uma manhã fria, não é? – Laura se ouviu dizendo. Então, sem esperar resposta, prosseguiu: – Acham que vão conseguir se manter quentes nas carteiras mais distantes do fogão?

Um dos meninos mais altos foi rápido em dizer:

– Posso ficar na última carteira, onde é mais frio.

A menina mais alta disse:

– Charles e eu temos que nos sentar juntos, porque dividimos os livros.

– Certo. Então os outros podem se sentar mais perto do fogão. – Para surpresa e alegria de Laura, os cinco minutos haviam passado! Então ela disse: – Podem ir para seus lugares. A aula vai começar.

A menina mais nova ficou na primeira carteira, e o menino mais novo se sentou atrás dela; depois vinham a menina mais alta e Charles, e atrás deles o outro menino alto. Laura bateu com o lápis na mesa.

– Atenção, por favor. Agora vou pegar o nome e a idade de vocês.

A menina mais nova era Ruby Brewster. Tinha nove anos, cabelo castanho e olhos castanhos brilhantes. Era tão discreta quanto um ratinho. Laura soube na hora que se tratava de uma menina doce e boazinha. Já havia terminado o primeiro livro de leitura e estava aprendendo subtração.

O menino mais novo era Tommy Brewster, irmão dela. Tinha onze anos, havia acabado o segundo livro de leitura e estava em divisões simples.

Os dois sentados juntos eram Charles e Martha Harrison. Charles tinha dezessete anos, era magro, branco e falava devagar. Martha tinha dezesseis, era esperta e falava pelos dois.

O último menino era Clarence Brewster. Ele também era mais velho do que Laura. Seus olhos castanhos eram ainda mais brilhantes e vivos que os de sua irmã, Ruby, o cabelo era escuro, grosso e despenteado, e ele era rápido na fala e nos movimentos. Seu modo de falar era quase insolente.

Clarence, Charles e Martha estavam no quarto livro de leitura. Já haviam passado da metade do livro de Ortografia e em Aritmética estavam aprendendo frações. Em Geografia, tinham estudado sobre os Estados da Nova Inglaterra, e responderam às perguntas de Laura tão bem que ela os colocou para aprender os Estados do Médio Atlântico. Nenhum deles havia estudado gramática ou História, mas Martha tinha a gramática da mãe e Clarence tinha um livro de História.

– Muito bem – Laura disse. – Podem começar do começo dos livros de Gramática e História, e depois trocá-los, para aprender tudo.

Quando Laura terminou de se informar e passar a lição de cada um, já era hora do recreio. Todos vestiram os casacos e foram brincar na neve. Laura suspirou aliviada. O primeiro quarto do primeiro dia tinha acabado.

Então ela começou a planejar: os alunos recitariam leitura, aritmética e gramática antes do almoço; à tarde, estudariam mais leitura, História, escrita e ortografia. Ela precisaria dividir a classe em três turmas diferentes em ortografia, porque Ruby e Tommy estavam muito distantes no livro.

Depois de quinze minutos, Laura bateu na janela para chamar os alunos. Até o meio-dia, ela ouviu e pacientemente corrigiu as recitações.

A hora do almoço pareceu se arrastar. Laura comeu pão com manteiga sozinha em sua mesa, enquanto os outros conversavam e brincavam, reunidos em volta do fogão. Depois os meninos apostaram corrida na neve lá fora, enquanto Martha e Ruby assistiam a tudo da janela e Laura continuava sentada à mesa. Era a professora agora, e devia agir como tal.

Finalmente, uma hora se passou, e ela voltou a bater na janela. Os meninos entraram depressa. Seu hálito congelava enquanto eles tiravam os casacos e cachecóis para pendurar. Estavam vermelhos do frio e do exercício.

Laura disse:

– O fogo está baixo. Pode colocar mais carvão, por favor, Charles?

Com disposição, mas devagar, Charles levantou o balde pesado de carvão para despejar a maior parte no fogão.

– Da próxima vez eu faço! – Clarence falou.

Talvez não tivesse sido sua intenção ser impertinente, mas, se tivesse sido, o que Laura faria? Ele era um garoto robusto, maior e mais velho que ela. Seus olhos castanhos brilhavam para Laura. Ela procurou deixar a coluna o mais ereta possível e bateu com o lápis na mesa.

– Atenção, por favor – pediu Laura.

Embora a escola fosse pequena, ela achava melhor seguir a rotina da escola da cidade e fazer cada turma ir para a frente da sala para recitar. Como Ruby estava sozinha em sua turma, precisava saber todas as respostas, uma vez que não haveria quem pudesse ajudá-la. Laura deixou que a menina soletrasse devagar e tentasse de novo se cometia um erro. Ruby soletrou todas as palavras da lição. Tommy foi mais devagar, mas Laura lhe deu tempo para pensar, e ele se saiu igualmente bem.

Então chegou a vez de Martha, Charles e Clarence. Martha não cometeu nenhum erro, mas Charles errou cinco palavras, e Clarence, três. Cabia a Laura puni-los pela primeira vez.

– Pode se sentar, Martha – ela disse. – Charles e Clarence, escrevam na lousa as palavras que erraram, três vezes cada.

Devagar, Charles começou a escrever suas palavras. Clarence olhou para Laura, com a expressão atrevida. Ele escreveu rapidamente, em letras altas e esticadas. Seis palavras foram o bastante para cobrir sua metade da lousa. Então Clarence se virou para Laura e, sem nem levantar a mão antes, objetou:

– A lousa é muito pequena, professora.

Ele estava fazendo piada em meio a uma punição por ter errado suas palavras. Laura o encarou e replicou:

– Sim, a lousa é pequena, Clarence. Sinto muito, mas você vai ter que apagar o que escreveu e escrever as palavras de novo, com mais cuidado. Se diminuir a letra, o espaço será suficiente.

Clarence teria que obedecer, porque se não obedecesse Laura não saberia o que fazer.

Ainda sorrindo e bem-humorado, Clarence virou para a lousa e apagou suas palavras. Então escreveu as três palavras três vezes cada, e assinou embaixo, com um floreio.

Com alívio, Laura viu que eram quatro horas.

– Podem guardar os livros. – Quando todos os livros estavam nas prateleiras sob o tampo das mesas, Laura encerrou: – Estão dispensados.

Clarence pegou o casaco, o chapéu e o cachecol e foi o primeiro a sair pela porta, com um grito. Tommy se seguiu a ele, mas os dois esperaram do lado de fora enquanto Laura ajudava Ruby a vestir o casaco e amarrar o gorro. Mais sérios, Charles e Martha se protegeram contra o frio para a caminhada de um quilômetro e meio que fariam até a casa.

Pela janela, Laura viu todos se afastarem. Dali, dava para ver a casa do irmão do senhor Brewster, que ficava a menos de um quilômetro de distância. Saía fumaça da chaminé e a janela da fachada oeste refletia a luz do sol se pondo. Clarence e Tommy iam brincando na neve, enquanto o gorro vermelho de Ruby balançava logo atrás deles. Até onde Laura conseguia distinguir daquela janela voltada para o leste, o céu estava aberto.

A escola não tinha janelas para o noroeste. Se uma nevasca viesse, ela só saberia quando chegasse.

Laura limpou a lousa e varreu o chão. Não precisava de pá, de tão largas que eram as frestas entre as tábuas do chão. Ela fechou as saídas de ar do fogão, colocou o casaco, pegou os livros e o balde do almoço e fechou a porta com cuidado atrás de si antes de pegar o mesmo caminho que havia feito pela manhã em direção à casa da senhora Brewster.

O primeiro dia de Laura como professora havia terminado. Ela era grata por aquilo.

Uma semana

Em sua caminhada penosa pela neve, Laura se obrigou a ficar alegre. Talvez fosse difícil se aproximar da senhora Brewster, mas não era possível que ela ficasse mal-humorada o tempo todo. Talvez aquela noite não chegasse a ser desagradável.

Laura entrou na casa suja de neve e morrendo de frio, mas foi simpática com a senhora Brewster. Apesar de todos os seus esforços, no entanto, a mulher só lhe dava respostas curtas, ou nem isso. Ninguém disse uma palavra durante o jantar. A quietude era tão carregada e odiosa que nem mesmo Laura conseguia falar.

Depois do jantar, ela ajudou no trabalho da casa e se sentou na sala cada vez mais escura enquanto a senhora Brewster se balançava na cadeira em silêncio. Laura queria muito voltar para casa.

Assim que a senhora Brewster acendeu a lamparina, Laura levou seus livros para a mesa. Escolheu algumas lições e se determinou a aprendê-las antes de dormir. Não queria ficar para trás da turma da cidade e esperava que, estudando o bastante, pudesse esquecer onde estava.

Laura se sentou encolhida na cadeira, pois o silêncio parecia pressioná-la de todas as direções. A senhora Brewster continuou à toa. Johnny estava dormindo no colo do senhor Brewster, que olhava para o fogo através da saída de ar aberta. O relógio deu sete horas. Oito. Nove. Então Laura se esforçou para falar:

– Está ficando tarde, é hora de dar boa-noite.

A senhora Brewster não lhe deu atenção. O senhor Brewster se sobressaltou, mas disse:

– Boa noite.

Antes mesmo que Laura conseguisse entrar correndo na cama no escuro, a senhora Brewster começou a discutir com o marido. Laura se esforçou para não ouvir. Puxou as cobertas por cima da cabeça e pressionou bem a orelha contra o travesseiro, mas não tinha jeito. Ela sabia que a senhora Brewster queria que ouvisse.

A senhora Brewster falou que ia não se matar de trabalhar por uma esnobe qualquer, que não fazia nada além de se vestir para ficar sentada na escola o dia todo. Ela disse que voltaria para o Leste sozinha se o senhor Brewster não mandasse Laura embora. E continuou falando. O som de sua voz fazia Laura se sentir mal; a senhora sentia prazer em magoar os outros.

Laura não sabia o que fazer. Queria ir para casa, mas não devia pensar naquilo, ou acabaria chorando. Precisava pensar em uma saída. Não havia outra opção onde pudesse ficar: as outras duas moradias no assentamento não passavam de cabanas. A família Harrison dividia um quarto entre quatro pessoas, e havia cinco na casa do irmão do senhor Brewster. Não teriam como acomodá-la

Na verdade, ela não dava nenhum trabalho à senhora Brewster, Laura pensou. Fazia a própria cama e ajudava na cozinha. A senhora Brewster reclamava agora da terra plana, do vento e do frio. Queria voltar para o Leste. De repente, Laura compreendeu: *Ela não está brava* comigo, *só está me usando de desculpa para brigar. É uma mulher egoísta e má.*

O senhor Brewster não dizia nada. Laura pensou: *Tenho que suportar. Não há nenhum outro lugar onde eu possa ficar.*

De manhã, quando ela acordou, pensou: *Só preciso sobreviver a um dia de cada vez.*

Era difícil ficar onde não se era desejada. Ela ia tomar o cuidado de não dar nenhum trabalho à senhora Brewster e ajudar sempre que pudesse. Com educação, disse:

– Bom dia.

E sorriu, mas não conseguiu sustentar o sorriso. Não sabia até então que eram necessárias duas pessoas para isso.

Estava com medo do segundo dia de aula, mas tudo transcorreu tranquilamente. Clarence ficou à toa em vez de estudar, e Laura receou ter que puni-lo novamente, mas ele sabia toda a lição. Talvez ela não fosse ter problemas com o garoto.

Era estranho que ela estivesse tão cansada chegadas as quatro da tarde. O segundo dia terminou, e ao meio-dia do dia seguinte metade da primeira semana já teria passado.

De repente, Laura parou de respirar e ficou imóvel no caminho de neve. Tinha acabado de pensar no sábado e no domingo, dois dias inteiros que ficaria dentro de casa com a senhora Brewster. Ela se ouviu dizer em voz alta:

– Ah, Pa. Não consigo.

Laura ficou envergonhada ao se ouvir lamentando, mas ninguém mais havia escutado. À sua volta, a pradaria estava vazia, branca, extensa e imóvel. Ela preferiria ficar ali, no frio, a voltar para as maldades na casa ou ainda para mais um dia de ansiedade na escola. Mas o sol estava se pondo e o dia seguinte chegaria; era preciso seguir em frente.

Naquela noite, Laura sonhou de novo que estava perdida em uma nevasca. Já conhecia aquele sonho, porque ele ia e voltava desde que havia se perdido de verdade com Carrie em uma nevasca. Mas daquela vez a nevasca estava pior do que nunca; agora a neve, com suas ferroadas, e o vento, que soprava forte, tentavam derrubar Laura e Carrie do sofá estreito. Ela se segurou em Carrie com toda a sua força, por um longo tempo, mas de repente a menina não estava mais ali; a nevasca a tinha levado. O coração de Laura parou de bater, horrorizado. Ela não podia seguir em frente, não tinha mais forças. Então afundou na escuridão. Pa apareceu, vindo da cidade em seu trenó. Ele disse para Laura:

– O que acha de passar o sábado em casa, canequinha?

Ma, Mary, Carrie e Grace ficaram muito surpresas. Mary disse, feliz:

– Ah, Laura!

O rosto inteiro de Ma se iluminou com um sorriso. Carrie se apressou a ajudar Laura a tirar o casaco, e Grace ficou pulando no lugar, batendo palmas.

– Charles, por que não nos contou? – Ma perguntou.

E o pai respondeu:

– Ora, Caroline, eu disse que ia trazer uma pequena carga. A pequena Laura!

Agora Laura se lembrava de Pa, à mesa do jantar, tomando seu chá, deixando a caneca de lado e dizendo:

– Acho que vou trazer uma coisinha amanhã.

– Ora, Charles! – Ma dissera.

Laura nunca tinha saído de casa. Estava ali.

Então ela acordou. Estava na casa dos Brewster e era manhã de quarta--feira. O sonho tinha sido tão real que ainda parecia verdade. Talvez Pa aparecesse para buscá-la no sábado. Era bem a cara dele, planejar aquele tipo de surpresa.

Uma tempestade de neve caíra durante a noite. Laura precisou abrir caminho na neve para chegar à escola. O sol da manhã deixava a neve dos quilômetros a serem percorridos vagamente rosados, e cada sombra parecia azul. Enquanto avançava pelos montes suaves, Laura viu Clarence abrindo caminho para Tommy e Ruby, que vinham atrás. Eles chegaram à porta da escola ao mesmo tempo.

A pequena Ruby estava coberta da cabeça aos pés de neve, incluindo o gorro e as tranças. Laura a ajudou a se limpar e disse a ela para ficar de casaco até que a sala esquentasse um pouco. Clarence colocou mais carvão no fogo enquanto Laura limpava suas próprias roupas e arrastava a neve que caía para as frestas no piso. O sol que entrava pela janela podia dar a impressão de que dentro da antiga cabana estava quente, mas na verdade estava mais frio que do lado de fora. Logo, com o calor do fogão, eles não conseguiam mais ver a própria expiração condensando. Às nove horas, Laura chamou:

– Atenção, por favor.

Martha e Charles chegaram arfando, três minutos atrasados. Laura não queria anotar o atraso: eles haviam tido que abrir caminho na neve por mais de um quilômetro e meio. Dar alguns passos na neve profunda era fácil, e divertido, mas abrir um caminho de verdade é um trabalho que vai ficando mais difícil a cada passo. Por um momento, Laura pensou em perdoar Martha e Charles, uma única vez. Mas seria desonesto. Nenhuma desculpa mudaria o fato de que eles haviam chegado atrasados.

– Sinto muito, mas vou ter que anotar o atraso de vocês – ela disse. – Podem vir para perto do fogão se esquentar um pouco antes de se sentar.

– Desculpe, senhorita Ingalls – Martha disse. – Não sabíamos que levaria tanto tempo.

– Abrir caminho na neve é difícil, eu sei. – De repente, Laura e Martha sorriam uma para outra, e aquele sorriso amistoso fez com que sentisse que ser professora era fácil. – Turma do segundo livro de leitura, levante-se e venha à frente.

Ruby, toda a turma do segundo livro de leitura, se levantou e foi para junto dela.

A manhã passou tranquilamente. Ao meio-dia, Ruby foi até a mesa de Laura e lhe ofereceu um biscoito, ainda que com timidez. Depois que todo mundo havia almoçado, Clarence a convidou a sair para fazerem bolas de neve, e Martha disse:

– Venha, por favor. Assim teremos três de cada lado.

Laura ficou feliz com o convite, pois estava ávida para sair para o sol e a neve limpa que concordou. Foi muito divertido. Martha e Ruby e ela ficaram contra Charles, Tommy e Clarence. Bolas de neve voaram para um lado e para o outro. Clarence e Laura eram os mais rápidos de todos. Eles se esquivavam, pegavam um monte de neve com as mãos enluvadas, moldavam uma bola, jogavam e se esquivavam outra vez. Laura já estava se esquentando e dando risada quando uma bola de neve atingiu seus olhos, sua boca aberta e seu rosto inteiro.

– Ah, nossa, eu não queria fazer isso – ela ouviu Clarence dizer.

– Queria, sim! E foi justo – Laura respondeu, tirando a neve dos olhos às cegas.

– Eu ajudo. Fique parada – ele disse, então levou uma mão a seu ombro, como se Laura fosse Ruby, e limpou seu rosto com a ponta do cachecol dela.

– Obrigada – Laura agradeceu, mas sabia que não devia mais brincar. Era pequena demais e jovem demais. Não conseguiria manter os alunos sob controle se brincasse com eles.

Naquela mesma tarde, Clarence puxou o cabelo de Marta. Uma trança castanha roçou na mesa dele quando ela virou a cabeça, e Clarence a pegou e puxou.

– Clarence – Laura disse. – Não incomode Martha. Concentre-se apenas na lição.

Ele abriu um sorriso amistoso, que dizia tão claramente quanto as palavras: *Tudo bem, se você diz... Mas não preciso fazer isso.*

Para seu próprio horror, Laura quase sorriu, mas no último minuto conseguiu se manter séria. Agora estava certa de que teria problemas com Clarence.

A quarta-feira terminara. Faltavam apenas quinta e sexta. Laura tentou não esperar que Pa fosse buscá-la, mas não conseguiu. Seria típico de Pa aparecer para salvá-la de dois dias tristes na casa da senhora Brewster. Só que ele não sabia de sua tristeza. Laura não devia esperá-lo. Mas claro que ele viria, se o tempo estivesse bom. E, se ele viesse, ela só teria que suportar mais duas noites até... chegar a casa na sexta! Mas ela não o esperava, não devia esperar, ou ficaria decepcionada caso ele não viesse. Ela sabia que sentiam sua falta em casa. Se o tempo estivesse bom, com certeza Pa viria.

Mas na sexta pela manhã o céu anunciava tempestade e o vento soprava gelado.

Laura passou o dia todo na escola atenta ao vento, com medo de que seu barulho se transformasse em um uivo de tempestade, que a antiga cabana fosse sacudida e que o branco tomasse conta da janela.

O vento soprava mais frio por entre as frestas. O barulho ficou mais alto e a neve começou a varrer a pradaria. Laura agora sabia que Pa não viria. Quarenta quilômetros naquele tempo seriam demais para os cavalos. *Como vou aguentar até segunda-feira?*, pensou.

Triste, ela tirou os olhos da janela e viu Charles quase dormindo sentado. De repente, ele deu um pulo. Clarence o havia alfinetado. Laura quase riu, mas então Clarence olhou para ela, parecendo achar graça. Laura não podia deixar aquilo passar.

– Clarence – ela disse. – Por que não está estudando?

– Sei todas as lições – ele respondeu.

Ela não duvidava. Clarence aprendia rápido. Podia acompanhar Martha e Charles e ainda ter muito tempo ocioso.

– Vamos ver como você se sai soletrando – ela disse, e bateu na mesa. – Turma do terceiro livro de ortografia, venha à frente.

A cabana era sacudida pelo vento, que a cada instante uivava mais forte. O calor que emanava das faces vermelhas do fogão derretia a neve que entrava pelas rachaduras e deixava poças de água no chão. Clarence soletrou corretamente cada palavra que Laura lhe passava, enquanto ela se perguntava se deveria dispensar a turma mais cedo. Se esperasse e a tempestade piorasse, Charles e Martha talvez não conseguissem chegar à casa.

Laura tinha a impressão de que o vento trazia um barulho metálico estranho. Ela ficou ouvindo; todos ficaram. Não sabia a que conclusão chegar. O céu não havia mudado; nuvens cinzas e baixas se moviam depressa sobre a pradaria coberta pela neve. O barulho foi ficando mais claro, quase como uma música. De repente, o ar se encheu com o repicar de sinos. Sinos de um trenó!

Todos voltaram a respirar e sorriram. Dois cavalos marrons passaram pela janela, depressa. Laura os conhecia: eram Prince e Lady, os cavalos do senhor Wilder[1] mais novo! Os sinos soaram mais alto, depois pararam e alguns tilintaram baixo. Os cavalos estavam do lado de fora da parede sul, sob o abrigo da construção.

Laura ficou tão animada que precisou controlar a voz para dizer:

– Podem se sentar. – Ela esperou por um momento, então anunciou: – Podem guardar os livros. Ainda é um pouco cedo, mas a tempestade está piorando. Estão dispensados.

---

[1] Na vida real, Laura Elizabeth Ingalls Wilder (1867-1957) casou-se em 1885, aos 18 anos, com Almanzo James Wilder (1857-1949), mencionado nesta passagem. Os dois namoraram dois anos e meio antes de se casar, e Laura cumpriu a cerimônia vestida de preto. (N.T.)

Sinos de trenó

Clarence correu para fora, depois voltou, gritando:

– Tem alguém aqui para ver você, professora!

Laura estava ajudando Ruby a vestir o casaco.

– Diga que saio em um minuto.

– Venha, Charles, você precisa ver esses cavalos!

A cabana se sacudiu quando Clarence bateu à porta. Laura vestiu depressa o casaco, o gorro e o cachecol. Ela fechou as saídas de ar do fogão, enfiou as mãos nas luvas e pegou os livros e o balde em que trouxera o almoço. Então se certificou de fechar bem a porta atrás de si. O tempo todo, mal conseguia respirar de tanta animação. Pa não tinha vindo, mas ela iria para casa de qualquer maneira!

Almanzo Wilder estava sentado em um trenó tão baixo que parecia um amontoado de cobertores na neve, atrás de Prince e Lady. Usava um casaco de pele de búfalo e um chapéu de pele com abas que devia proteger tanto quanto um gorro.

Ele não saiu na tempestade. Em vez disso, levantou os cobertores e ofereceu uma mão a Laura para ajudá-la a se sentar no trenó. Então, ajeitou os cobertores em volta dela. Eram peles quentes de búfalos, com forro de flanela.

– Quer parar na casa dos Brewster? – Almanzo perguntou.

– Preciso passar para deixar o balde do almoço e pegar minha mala – Laura disse.

Na casa, Johnny gritava, bastante furioso. Quando Laura saiu, viu que Almanzo olhava para o lugar com desagrado. Mas agora aquilo não importava, porque ela estava indo para casa. Almanzo voltou a ajeitar as cobertas em volta dela e os sinos começaram a soar alegremente. Logo ela estava indo para casa, atrás dos cavalos marrons e velozes.

Laura comentou, através do véu grosso de lã preta:

– Foi muita bondade sua ter vindo me buscar. Eu estava esperando que Pa viesse.

Almanzo hesitou.

– Bem… Ele estava pensando em vir, mas eu disse que seria bastante duro para os cavalos dele.

– Eles vão ter que me trazer de volta – Laura disse, incerta. – Preciso estar na escola segunda-feira de manhã.

– Talvez Prince e Lady possam fazer essa viagem de novo – Almanzo respondeu.

Laura ficou constrangida. Não era sua intenção sugerir aquilo. Ela nem havia pensado na possibilidade de Almanzo levá-la de volta. De novo, falara antes de pensar. Pa estivera certo em seu conselho. Laura sempre, sempre, devia pensar antes de falar. *Depois disso, sempre pensarei antes de falar*, ela se determinou. Então disse, sem pensar que poderia soar rude:

– Ah, não precisa se incomodar. Pa vai me trazer de volta.

– Não seria um incômodo – Almanzo disse. – Eu disse que levaria você para dar uma volta de trenó quando ele estivesse pronto. E aqui está ele. O que achou?

– Achei muito divertido – Laura respondeu. – É tão pequeno.

– Fiz um pouco menor que os comprados. Tem só um metro e meio de comprimento e sessenta e seis centímetros de largura. Assim, fica mais leve para os cavalos puxarem e o passeio fica mais confortável – Almanzo explicou. – Eles mal percebem que estão puxando alguma coisa.

– É como voar! – Laura disse. Ela nunca havia imaginado atingir aquela velocidade maravilhosa.

As nuvens baixas passavam por cima de suas cabeças e a neve soprada pelas laterais ficava para trás. Os cavalos de pelo marrom e brilhante galopavam rápido, fazendo os sinos tilintarem. Não se sentia nenhum solavanco ou baque; o pequeno trenó cortava a neve com toda a suavidade de um pássaro no ar.

Quase cedo demais, embora não cedo o bastante, eles estavam passando depressa pelas vitrines da rua principal, e ali estava a porta da frente da casa, abrindo-se, e Pa aparecendo. Laura já estava saindo do trenó e subindo os degraus quando se lembrou e disse, de um único fôlego:

– Ah, obrigada, senhor Wilder. Boa noite!

E entrou.

O sorriso de Ma iluminava todo o seu rosto. Carrie veio correndo para tirar o cachecol e o véu de Laura, enquanto Grace batia palmas e gritava:

– Laura voltou!

Pa entrou e disse:

– Vamos dar uma olhada em você. Ora, ora, é a mesma canequinha!

Havia tanto a dizer e contar. A sala nunca tinha parecido tão bonita. As paredes agora eram marrom-escuras, com as tábuas de pinheiro escurecendo a cada ano. A toalha xadrez vermelha estava esticada na mesa, os tapetinhos de trapos estavam em seus lugares. As cadeiras de balanço continuavam perto da janela com cortinas brancas, tanto a que haviam comprado para Mary quanto a de madeira de salgueiro que Pa havia feito para Ma muito tempo atrás, no território indígena, cada uma com sua almofada de retalhos. E ali estava a cesta de Ma, com seu trabalho em andamento e as agulhas enfiadas no novelo de lã. Kitty se espreguiçou e bocejou preguiçosamente, depois foi se curvar ronronando nos tornozelos de Laura. Na escrivaninha de Pa estava a cesta de contas azuis que Mary havia feito.

A conversa prosseguiu à mesa, durante o jantar. Laura estava com mais fome de conversa do que de comida. Ela contou sobre seus alunos na escola, e Ma contou sobre a última carta de Mary. Ela estava se saindo bem na faculdade para cegos, em Iowa. Carrie contou as notícias da escola da cidade, e Grace contou das palavras que havia aprendido a ler e da última briga de Kitty com um cachorro.

Depois do jantar, depois de Laura e Carrie lavarem a louça, Pa disse, como Laura estava torcendo:

– Se me trouxer a rabeca, Laura, teremos um pouco de música.

Ele tocou marchas da Escócia e dos Estados Unidos; tocou músicas doces e antigas, tocou músicas alegres e dançantes, e Laura ficou tão feliz que sentiu um nó na garganta.

Quando chegou a hora de dormir, ela subiu com Carrie e Grace e ficou olhando pela janela do sótão para as luzes da cidade piscando aqui e ali, através do vento e da neve. Enquanto se aconchegava sob as cobertas, ela ouviu Pa e Ma entrando no quarto deles, na saída da escada. Laura escutou a voz agradável e baixa de Ma e a voz profunda de Pa em seguida, e ficou tão feliz por ter duas noites e quase dois dias para passar em casa que quase não conseguiu dormir.

No entanto, sem medo de cair do sofá estreito, o sono dela foi profundo e revigorante. Quando seus olhos se abriram, ela ouviu o som do fogão funcionando no andar de baixo e soube na mesma hora que estava em casa.

– Bom dia! – Carrie disse de sua cama.

– Bom dia, Laura! – Grace gritou, dando um pulo.

– Bom dia.

Ma sorriu quando Laura entrou na cozinha. Quando Pa chegou com o leite, saudou-a:

– Bom dia, canequinha!

Laura nunca havia notado que dizer "bom-dia" tornava o dia bom. Pelo menos estava aprendendo alguma coisa com a senhora Brewster, ela pensou.

O café da manhã foi muito agradável. Laura e Carrie lavaram a louça rapidamente, ainda conversando, e subiram para arrumar as camas. Enquanto esticavam o lençol, Laura perguntou:

– Carrie, você às vezes pensa em como temos sorte de morar em uma casa assim?

Carrie olhou em volta, surpresa. Não havia nada ali além de duas camas, as três caixas sob o beiral em que elas guardavam suas coisas e a parte de baixo das telhas no alto. E a chaminé do fogão, que saía do chão e passava do telhado.

– É aconchegante – Carrie disse, enquanto elas esticavam a primeira colcha e prendiam nos cantos. – Mas acho que nunca pensei assim.

– Espere até ir embora – Laura disse. – Vai pensar.

– Você odeia dar aula na escola? – Carrie perguntou a ela, falando baixo.

– Odeio – Laura disse, quase em um sussurro. – Mas Pa e Ma não podem saber.

Elas afofaram os travesseiros e os colocaram nos lugares, depois passaram à cama de Laura.

– Talvez você não tenha que fazer isso por muito tempo – Carrie a consolou. Elas desabotoaram o colchão e enfiaram os braços dentro para ajeitar a palha. – Talvez você se case. Foi o que Ma fez.

– Não quero me casar – Laura disse, então alisou o colchão e voltou a abotoá-lo. – Pronto. Agora, a primeira colcha. Prefiro continuar morando em casa.

– Sempre? – Carrie perguntou.

– Sim, sempre – Laura disse, e estava sendo sincera. Ela estendeu o lençol. – Mas não posso, não o tempo todo. Tenho que continuar trabalhando na escola.

Elas ajeitaram as colchas e afofaram o travesseiro de Laura. Tinham terminado. Carrie disse que se encarregaria de varrer tudo.

– Sempre varro agora – ela falou. – E se você estiver indo para a casa de Mary Power, quanto mais cedo você for, mais cedo vai voltar.

– Só quero saber se estou junto com a minha turma nos estudos – Laura disse. No andar de baixo, ela colocou o caldeirão de ferver a roupa no fogão e encheu com baldes de água do poço. Depois, enquanto esquentava, foi ver Mary Power.

Laura havia esquecido de que não costumava gostar da cidade, que estava movimentada e fresca naquela manhã. O sol batia na neve acumulada nas ruas e cintilava nas beiradas congeladas da calçada. Nos dois quarteirões, havia apenas dois terrenos desocupados na porção oeste da rua, e algumas lojas foram pintadas de branco ou cinza. A mercearia Harthorne havia sido pintada de vermelho. Por toda parte via-se o agito da manhã. Os donos de lojas, em casacos grossos e usando chapéus, tiravam a neve da calçada enquanto conversavam e brincavam entre si. Portas batiam, galinhas cacarejavam, cavalos relinchavam nos estábulos.

O senhor Fuller levantou o chapéu e deu bom-dia a Laura quando ela passou. O senhor Bradley fez o mesmo e disse:

– Ouvi dizer que está dando aula na escola de Brewster, senhorita Ingalls. Laura se sentiu muito adulta.

– Sim. Vim passar somente o fim de semana na cidade.

– Bem, desejo-lhe sorte.

– Obrigada, senhor Bradley.

O pai de Mary, o senhor Power, se encontrava sentado à mesa em sua alfaiataria, ocupado com a costura. Mary estava ajudando a mãe com o trabalho da manhã no quarto dos fundos.

– Ora, veja quem está aqui! – a senhora Power exclamou. – Como vai nossa professora?

– Muito bem, obrigada – Laura respondeu.

– Está gostando de dar aula? – Mary perguntou.

– Estou me saindo bem, acho – Laura disse. – Mas preferiria estar em casa. Vou ficar feliz quando os dois meses combinados tiverem passado.

– Assim como o restante de nós – Mary disse. – Ah, estamos sentindo sua falta na escola.

Laura ficou feliz.

– É mesmo? Também sinto falta de vocês.

– Nellie Oleson tentou se sentar no seu lugar – Mary contou. – Mas Ida não deixou. Disse que ia guardar seu lugar para quando você voltasse, e o senhor Owen concordou.

– Por que Nellie Oleson queria meu lugar? – Laura perguntou. – O dela é tão bom quanto, ou quase.

– Nellie é assim – Mary disse. – Quer qualquer coisa que pertença a outra pessoa, só isso. Ah, Laura, ela vai morrer de inveja quando eu contar que Almanzo Wilder trouxe você em seu trenó novo!

As duas riram. Laura ficou um pouco envergonhada, mas não conseguiu evitar. Ela se lembrou de Nellie se gabando de que um dia ia ser levada por aqueles cavalos marrons. Mas aquilo ainda não havia acontecido.

– Mal posso esperar – Mary disse.

Então a senhora Power disse:

– Não acho que isso seja muito correto, Mary.

– Sei que não é – Mary admitiu. – Mas se visse como Nellie Oleson está sempre se gabando e se mostrando, e cismando com Laura... E agora Laura é professora e está sendo cortejada por Almanzo Wilder.

– Ah, não! Ele não está! – Laura exclamou. – Não é isso. Ele só fez um favor para Pa.

Mary riu.

– Ele deve gostar muito do seu pai! – Ela estava brincando, mas depois que viu a expressão de Laura, corrigiu: – Desculpe. Não vou falar a respeito, se não quiser.

– Não é isso – Laura disse. Tudo era simples quando se estava sozinha, ou em casa, mas assim que se encontrava com outras pessoas as dificuldades surgiam. – Só não quero que pense que o senhor Wilder é meu namorado, porque não é.

– Está bem – Mary disse.

– Mas só posso ficar um minuto – Laura explicou. – Deixei o caldeirão no fogo. Agora me diga em que ponto você está nos estudos, Mary.

Quando Mary explicou, Laura viu que estava conseguindo acompanhar a turma estudando à noite. Então voltou para casa.

Ela aproveitou muito o dia todo. Lavou e engomou a roupa e passou a ferro as peças limpas e frescas. Depois, na sala aconchegante, descosturou seu lindo chapéu de veludo marrom, conversando o tempo todo com Ma, Carrie e Grace. Ela escovou e vaporizou o tecido, depois o drapejou de novo sobre a entretela e o experimentou. Parecia um chapéu novo, ainda mais bonito que antes. Ela só teve tempo de escovar, limpar com uma esponja e depois passar a ferro o vestido marrom antes de precisar ajudar Ma com o jantar. Depois, uma a uma, elas tomaram banho na cozinha quente e foram para a cama.

Se a vida pudesse ser sempre assim, eu não desejaria mais nada, Laura pensou quando foi dormir. *Mas talvez eu esteja achando isso porque tenho apenas esta noite e amanhã de manhã...*

O sol e o céu da manhã tinham uma aparência tranquila de domingo, e a cidade estava quieta quando Laura, Carrie, Grace e Ma saíram para ir à igreja. Já tinham feito o trabalho da manhã e o feijão estava no forno. Pa fechou as saídas de ar do fogão, saiu também e trancou a porta atrás de si.

Laura e Carrie seguiam na frente, Pa e Ma iam atrás, segurando as mãos de Grace. Limpos e usando suas melhores roupas, eles caminharam devagar na manhã de domingo, tomando cuidado para não escorregar no gelo. Toda a cidade parecia estar atravessando as ruas e os terrenos vazios atrás da loja do senhor Fuller para ir à igreja.

Ao entrar, Laura olhou ansiosa para os bancos parcialmente ocupados e logo encontrou Ida! Os olhos de Ida dançaram ao vê-la. Ela abriu espaço ao seu lado para que Laura se sentasse e apertou de leve o braço dela.

– Nossa, como estou feliz de ver você! – Ida sussurrou. – Quando chegou?

– Sexta-feira, depois da aula. Tenho que voltar nesta tarde – Laura respondeu. As duas tinham um pouco de tempo para conversar antes da escola dominical.

– Está gostando de dar aula? – Ida perguntou.

– Não, não estou! Mas não conte a ninguém. Até agora me saí bem.

– Não vou contar – Ida prometeu. – Eu sabia que você conseguiria. Mas é triste ver seu lugar vazio na escola.

– Vou voltar. Faltam apenas sete semanas – Laura disse.

– Você não se importa se Nellie Oleson se sentar comigo enquanto você não estiver, não é? – Ida perguntou.

– Ora, Ida Brow... – Laura começou a dizer, então percebeu que era brincadeira. – Claro que não! Pergunte a Nellie e veja se ela aceita.

Como as duas estavam na igreja e não podiam rir, seus corpos se sacudiram em silêncio e elas quase engasgaram em seu esforço para manter a seriedade. Barnes, o advogado, já batia no púlpito para dar início à escola dominical, e elas não puderam mais conversar. Tiveram que se levantar e se juntar à cantoria.

Doce escola sabática!
Mais querida para mim do que a mais bela cúpula do palácio
Meu coração sempre se volta com alegria para ti
Meu querido lar sabático.

Cantar juntas era ainda melhor que conversar. Enquanto as duas ficavam lado a lado, com o hinário aberto à sua frente, Laura pensou em como gostava de Ida.

Aqui a meu obstinado e errante coração
O modo de vida foi mostrado
Aqui procurei primeiro a boa parte
E ganhei um lar sabático.

A voz de Laura, clara e segura, segurava a nota enquanto o alto suave de Ida cantava: "lar no sabá". Então suas vozes voltaram a soar juntas:

Meu coração sempre se volta com alegria
Para meu querido lar sabático.

A escola dominical era a melhor parte da igreja. Embora só pudessem falar com a professora e sobre a lição, Ida e Laura podiam trocar sorrisos e cantar juntas. Quando a escola dominical acabou, tiveram tempo apenas de se despedir. Ida precisava se sentar com a senhora Brown, no banco da frente, enquanto o reverendo Brown fazia seus sermões longos e tolos.

Laura e Carrie foram se sentar com Pa, Ma e Grace. Laura se certificou de prestar atenção na leitura, para repetir em casa quando Pa perguntasse, depois não precisou mais ouvir. Sempre sentia falta de Mary na igreja. A irmã sempre se sentara ao seu lado e cuidara para que Laura se comportasse. Era estranho pensar que haviam sido pequenas, e agora Mary estava na faculdade e Laura trabalhava como professora. Ela tentou não pensar na senhora Brewster e na escola. Afinal, receberia quarenta dólares, e com quarenta dólares poderiam manter Mary na faculdade por mais um ano. Talvez tudo fosse ficar bem, se ela continuasse insistindo. De qualquer maneira, ela precisava tentar, porque se não tentasse certamente não conseguiria. *Se eu conseguir lidar com Clarence por mais sete semaninhas,* Laura pensou.

Carrie beliscou o braço dela. Todos tinham se levantado para cantar a doxologia[2]. A cerimônia tinha acabado.

O almoço estava muito gostoso. O feijão assado ficou uma delícia, assim como o pão com manteiga e o picles de pepino. Todos estavam muito à vontade, conversando animados. Laura exclamou:

– Ah, como eu gosto daqui!

– Que pena que Brewster não é um lugar melhor onde morar – disse Pa.

– Ah, Pa, não estou reclamando – Laura objetou, surpresa.

– Eu sei – Pa falou. – Bem, mantenha a determinação. Essas sete semanas passarão logo, e você voltará para casa depois.

Como foi agradável quando, depois de lavar a louça, todos se acomodaram na sala naquela tarde de domingo. O sol entrava pelas janelas limpas e o cômodo estava quente. Carrie e Grace olhavam as imagens do livro verde de Pa, *As maravilhas do mundo animal.* Pa lia o *Diário do pioneiro* para Ma enquanto ela se balançava suavemente na cadeira. Laura escrevia uma carta para Mary na escrivaninha de Pa. Com cuidado, usando a caneta-tinteiro com cabo perolado de Ma, ela contou da escola e de seus alunos. Não escreveu nada desagradável, claro. O relógio tiquetaqueava e de tempos em tempos e Kitty se espreguiçava e ronronava suavemente.

Quando terminou, Laura foi para o andar de cima e guardou suas roupas limpas na mala de Ma. Depois, desceu com ela para a sala da frente.

---

[2] Da liturgia católica: forma de arremate nas grandes orações (hinos, preces, odes) em que se glorificam a grandeza e a majestade divinas. (N.T.)

Já devia ser hora de ir embora, mas Pa estava sentado, lendo o jornal, e nem percebeu.

Ma olhou para o relógio e disse, com delicadeza:

– Charles, acho que é melhor você ir atrelar os cavalos. É uma longa viagem de ida e volta, e está escurecendo cada vez mais cedo.

Pa só virou a página do jornal e disse:

– Ah, não há pressa.

Laura e Ma trocaram um olhar surpreso. Então olharam para o relógio e depois para Pa outra vez. Ele não se moveu, mas sua expressão era de quem achava graça. Laura se sentou.

O relógio continuou tiquetaqueando enquanto Pa lia o jornal. Em duas ocasiões, Ma quase falou, mas mudou de ideia. Finalmente, sem levantar os olhos, Pa disse:

– Alguns parentes se preocupam com meus cavalos.

– Ora, Charles! Não tem nada de errado com eles, tem? – Ma perguntou.

– Bem, eles já não são tão jovens. Mas ainda aguentam bem uma viagem de vinte quilômetros de ida e vinte quilômetros de volta.

– Charles – Ma disse, impotente.

Os olhos de Pa brilhavam quando ele se virou para Laura.

– Talvez eu não precise forçá-los – ele disse.

De repente, ouviram-se sinos de trenó descendo a rua, cada vez mais altos e mais claros, mas parando bem na porta. Pa foi abri-la.

– Boa tarde, senhor Ingalls – Laura ouviu Almanzo Wilder dizer. – Vim ver se Laura permite que eu a acompanhe até a escola.

– Ora, tenho certeza de que ela gostaria de dar uma volta nesse trenó – Pa respondeu.

– Está ficando tarde e faz frio demais para que eu amarre os cavalos sem cobri-los – Almanzo disse. – Vou dar uma volta na rua e passar aqui de novo.

– Eu falo com ela – Pa respondeu, e fechou a porta enquanto os sinos voltavam a soar. – O que acha, Laura?

– Gostei de andar no trenó – Laura disse. Ela vestiu rapidamente o gorro e o casaco. Os sinos já se aproximavam. Mal teve tempo de se despedir antes que os cavalos parassem à porta.

– Não se esqueça da mala – Ma disse, e Laura se virou para pegá-la.

– Obrigada, Ma. Adeus – ela disse, saindo. Almanzo a ajudou a se sentar no trenó e a se cobrir. Prince e Lady partiram, rápidos. Os sinos voltaram a soar. Ela já estava no caminho para a escola.

Determinação

Tudo deu errado naquela semana, tudo. Não havia nada que encorajasse Laura minimamente. O tempo ficou ruim. As nuvens se mantiveram escuras e baixas sobre a pradaria branco-acinzentada, o vento soprava monótono. Fazia um frio úmido e pegajoso. Os fogões não paravam de trabalhar.

A senhora Brewster deixou o trabalho doméstico de lado. Não varria a neve que o senhor Brewster trazia para dentro; então a neve derretia e formava poças que se misturavam com as cinzas do fogão. Não arrumava a cama nem esticava as cobertas. Duas vezes por dia, cozinhava batatas e porco salgado e colocava na mesa. Passava o restante do tempo sentada e carrancuda. Nem mesmo penteava o cabelo. Laura também achou que Johnny gritou mais do que de costume naquela semana.

Laura tentou brincar com o menino uma vez, mas ele bateu nela e a senhora Brewster disse, furiosa:

– Deixe-o sozinho!

Depois do jantar, Johnny dormia no colo do senhor Brewster. O ar parecia pesar com o silêncio da senhora Brewster, e ele ficava ali, como uma protuberância em um tronco, Laura pensou. Ela já tinha ouvido aquela expressão, mas nunca a havia entendido. Uma protuberância em um tronco não faz nada a ninguém, mas não pode ser removida.

O silêncio era tão audível que Laura mal conseguia estudar. Quando foi para a cama, a senhora Brewster começou a brigar com o marido. Ela queria voltar para o Leste.

Laura não teria conseguido se concentrar nos estudos, de qualquer maneira. Estava preocupada demais com a escola. Apesar de todos os seus esforços, as coisas iam de mal a pior.

Tudo começara na segunda, quando Tommy não sabia nem uma palavra da lição de ortografia. Ele disse que Ruby não o deixava usar o livro.

– Ora, Ruby! – Laura disse, surpresa.

Então a pequena e doce Ruby se transformou. Laura ficou tão chocada que demorou um pouco para impedir a briga que teve início entre ela e Tommy.

Com severidade, Laura se fez ouvir. Ela foi até a carteira de Tommy e entregou o livro a ele.

– Agora aprenda a lição. Vai ficar aqui no recreio e recitar para mim.

No dia seguinte, quem não sabia a lição era Ruby. Diante de Laura, com as mãos nas costas e inocente como um gatinho, ela disse:

– Não pude aprender, professora. A senhorita deu o livro a Tommy.

Laura se lembrou de contar até dez. Então, disse:

– É verdade. Então você e Tommy podem se sentar juntos para estudar ortografia.

Os dois não estavam no mesmo ponto do livro, mas poderiam mantê-lo aberto em duas páginas. Tommy estudaria sua lição de um lado e Ruby estudaria a dela do outro. Laura e Mary haviam estudado daquele jeito com o livro de Ma.

Mas com Tommy e Ruby não dava certo. Eles ficaram brigando em silêncio para deixar o livro mais aberto do seu lado.

– Tommy! Ruby! – Laura teve que repreender repetidas vezes, com firmeza. Mas nenhum dos dois aprendeu sua lição direito.

Martha não conseguiu resolver seus problemas de aritmética. Charles ficou sentado sem fazer nada, olhando pela janela, ainda que não se visse nada além do tempo feio. Quando Laura lhe disse para se concentrar nos estudos, ele baixou a cabeça para o livro, mas continuou distraído. Ela sabia que ele não estava lendo.

Laura era tão pequena. Quando Martha, Charles e Clarence se levantavam para recitar, pareciam demais para ela. Embora fizesse seu melhor, Laura não conseguia despertar o interesse deles em aprender Geografia e História.

Na segunda-feira, Clarence sabia parte da lição da História, mas quando Laura lhe perguntou quando o primeiro assentamento tinha sido estabelecido na Virgínia, ele simplesmente respondeu:

– Ah, não estudei essa parte.

– E por que não? – Laura perguntou.

– A lição era comprida demais – Clarence respondeu, enquanto seus olhos estreitos pareciam querer dizer: *O que é que você vai fazer quanto a isso?*

Laura ficou furiosa, mas quando olhou nos olhos de Clarence soube que era aquilo que ele esperava dela. O que poderia fazer? Não poderia puni-lo, porque ele era grande demais. Mas não devia mostrar sua raiva.

Por isso, Laura se manteve quieta enquanto virava as páginas do livro de História e refletia. Sentia-se insegura, mas não podia deixar que ele soubesse. Finalmente, ela disse:

– É uma pena que não tenha aprendido. Agora sua próxima lição vai ser muito mais longa, porque não podemos segurar Charles e Martha.

Ela ouviu os outros dois recitarem a lição, depois passou outra para os três, do mesmo tamanho de sempre.

No dia seguinte, Clarence não soube responder a nenhuma pergunta de História.

– Nem adianta tentar aprender lições tão longas – ele disse.

– Se não quer aprender, Clarence, quem perde é você – Laura disse a ele. Ela continuou fazendo-lhe perguntas quando chegava sua vez, torcendo para que ficasse com vergonha de dizer "não sei". Mas Clarence não ficou.

A cada dia, ela se sentia pior por estar fracassando. Não podia ser professora. Sua primeira experiência era um fracasso. Não conseguiria outro certificado. Não ganharia mais dinheiro. Mary teria que sair da faculdade, e a culpa seria de Laura. Mal conseguia aprender suas próprias lições, embora estudasse não apenas à noite, mas no horário do almoço e durante o recreio. Quando voltasse para a cidade, teria ficado para trás de sua turma.

O problema era Clarence. Ruby e Tommy se comportariam se ele se comportasse, porque era o irmão mais velho. Clarence poderia aprender as lições, era muito mais inteligente do que Martha e Charles. Laura queria ser grande o bastante para dar em Clarence a surra que ele merecia.

A semana passou devagar, e foi a mais longa e infeliz da vida de Laura até então.

Na quinta-feira, quando Laura pediu que a turma do livro três de aritmética se levantasse, Clarence o fez na mesma hora e Charles começou a se mover languidamente, mas Martha parou na metade do caminho, gritou "ai!" e voltou a se sentar, como se tivesse sido puxada.

Com uma faca, Clarence havia prendido a trança de Martha na mesa. Ela nem tinha percebido até tentar se levantar.

– Clarence! – Laura exclamou.

Ele não parou de rir. Tommy riu também, Ruby soltou uma risadinha e até mesmo Charles sorriu. Martha continuou sentada, com o rosto vermelho e lágrimas nos olhos.

Laura ficou desesperada. Estavam todos contra ela, que não tinha como discipliná-los. Ah, como podiam ser malvados! Por um instante, Laura pensou na senhorita Wilder, que havia fracassado como professora na escola da cidade. *Ela deve ter se sentido assim,* Laura pensou.

Então, de repente, ela ficou muito brava. Arrancou a faca de Clarence da mesa e ficou com ela. Não se sentiu pequena ao encarar o menino.

– Que vergonha! – Laura disse, e ele parou de rir na hora. Ficaram todos quietos.

Laura foi até sua própria mesa e bateu nela.

– Turma do livro três de aritmética, pode se levantar! Venham à frente.

Eles não sabiam a lição e não conseguiram resolver os problemas, mas pelo menos procuraram se esforçar. Laura se sentiu imponente e terrível, e eles a obedeceram humildemente. Por fim, ela disse:

– Vão todos repetir a lição amanhã. Classe dispensada.

A cabeça de Laura doía enquanto ela voltava para a casa odiosa da senhora Brewster. Não podia ficar brava o tempo todo, e disciplina não adiantava de nada se os alunos não aprendiam a lição. Ruby e Tommy estavam muito atrasados em ortografia, Martha não conseguia fazer análise sintática de frases simples ou somar frações e Clarence não estava aprendendo nada de História. Laura tentava se convencer de que ia se sair melhor no dia seguinte.

A sexta-feira foi silenciosa, com todos apáticos e desanimados. Estavam só esperando que a semana terminasse, e ela também. Os ponteiros do relógio nunca haviam se movido tão devagar.

À tarde, as nuvens começaram a se afastar e o dia ficou mais claro. Pouco antes das quatro, um sol fraco começou a bater sobre a neve. Então Laura ouviu o som de sinos tilintando ao longe.

– Podem guardar os livros – ela disse.

Aquela semana terrível havia finalmente terminado. Nada mais poderia acontecer agora.

– Classe dispensada.

Os sinos soavam mais alto e claro. Laura já havia vestido o gorro e abotoado o casaco quando Prince e Lady passaram pela janela. Ela pegou os livros e o balde do almoço, então o pior possível aconteceu.

Clarence abriu a porta, virou-se para dentro e gritou:

– O namorado da professora chegou!

Almanzo Wilder devia ter ouvido. Não teria como não ouvir. Laura não sabia como ia encará-lo. O que poderia dizer? Como poderia explicar a ele que não tinha dado nenhum motivo para Clarence falar aquilo?

Ele estava esperando no vento frio, com os cavalos cobertos. Laura precisava ir. Ela teve a impressão de que Almanzo sorria, mas nem conseguia olhar para ele. Almanzo a cobriu e disse:

– Está bom assim?

– Sim, obrigada – Laura falou. Os cavalos saíram depressa, e os sinos repicaram alegres. Ela decidiu que era melhor não fazer qualquer comentário em relação ao que Clarence havia falado. Como Ma dizia, em boca fechada não entrava mosquito.

Controlando

Enquanto ouvia Pa tocar a rabeca naquela noite, Laura se sentia muito melhor. Duas semanas haviam passado; restavam apenas seis. Sua única opção era continuar tentando. Então a música parou, e Pa perguntou:

– O que aconteceu, Laura? Quer conversar a respeito?

Ela não pretendia preocupá-los. Não tinha intenção de dizer nada triste. Mas, de repente, se pegou falando:

– Ah, Pa, não sei o que fazer!

Laura contou sobre a semana terrível que havia tido na escola.

– O que posso fazer? – ela perguntou. – Tenho que fazer alguma coisa. Não posso falhar. Mas estou falhando. Se eu fosse grande o bastante para dar uma surra em Clarence… É disso que ele precisa, mas não tenho como.

– Você pode pedir ao senhor Brewster que o faça – Carrie sugeriu. – Ele poderia fazer Clarence se comportar.

– Ah, Carrie, mas como vou dizer ao conselheiro que não consigo controlar a turma? – Laura retrucou. – Não, não posso fazer isso.

– Aí está, Laura! – Pa disse. – Está tudo nessa palavra, "controlar". Talvez você não conseguisse muita coisa com Clarence, mesmo que fosse grande o bastante para puni-lo como ele merece. A força bruta nunca vai muito longe. Nascemos todos livres, você sabe, como diz a Declaração de Independência. É possível levar um cavalo até a água, mas não dá para forçá-lo a beber, e por bem ou por mal ninguém além de Clarence pode mandar nele. É melhor apenas controlá-lo.

– Sim, Pa, eu sei – Laura disse. – Mas como?

– Bem, em primeiro lugar, seja paciente. Tente ver as coisas do ponto de vista dele, até onde puder. É melhor não tentar obrigá-lo a fazer nada, porque não vai conseguir. Ele não me parece ser um menino ruim de verdade.

– Ele não é mesmo – Laura concordou. – Simplesmente não sei como controlá-lo.

– No seu lugar – Ma começou a dizer, com delicadeza, e Laura se lembrou de que ela fora professora –, eu não daria atenção a Clarence. É isso que ele quer, é por isso que provoca. Seja gentil e agradável com o garoto, mas se concentre nos outros alunos e os endireite. Clarence vai acabar cedendo.

– Isso mesmo, Laura, ouça Ma – Pa concordou. – Sábia como uma cobra e gentil como uma pombinha.

– Charles! – protestou Ma.

Pa pegou a rabeca e começou a tocar para ela, brincalhão:

– "Ela sabe fazer a torta de cereja, Billy? Ela sabe fazer a torta de cereja, Billy?"

No domingo à tarde, quando Laura voava no trenó que cortava o sol e a neve, Almanzo Wilder disse:

– Deve alegrar você, passar o domingo em casa. Imagino que seja bastante difícil ficar nos Brewster.

– É minha primeira escola, e nunca fiquei longe de casa – Laura disse. – Tenho saudade. Sou muito agradecida por fazer essa viagem tão longa para me levar para casa.

– É um prazer.

Almanzo estava sendo educado, mas Laura não via como poderia ser prazeroso fazer aquela viagem longa e fria. Os dois mal trocavam uma palavra no caminho todo, por causa do frio, e ela sabia muito bem que não seria muito divertida de qualquer maneira. Em geral, tinha dificuldade em pensar no que dizer a desconhecidos.

Os cavalos ficavam tão quentes de tanto trotar que não podiam ficar nem um momento parados no vento frio; por isso, Almanzo ficou na porta dos Brewster apenas por tempo suficiente para que Laura pudesse descer. Ao sair, ele tocou o chapéu de pele com a mão enluvada e gritou, por cima da música dos sinos:

– Até sexta-feira!

Laura se sentiu culpada. Não esperava que Almanzo fizesse aquela viagem tão longa todas as semanas. Torcia para que ele não pensasse que ela esperava que a fizesse. Ele não podia estar pensando em... bem, em ser seu namorado.

Ela estava quase acostumada à infeliz casa da senhora Brewster. Só precisava não pensar a respeito, na medida do possível: estudar até a hora de ir para a cama, arrumar a cama de manhã, engolir o café da manhã, lavar a louça e ir para a escola. Agora restavam apenas seis semanas.

Na manhã de segunda-feira, a aula começou tão desanimada quanto havia terminado na sexta. Mas Laura estava determinada a fazer uma mudança e pôs mãos à obra.

Quando Tommy terminou de ler sua lição, aos trancos e barrancos, Laura sorriu para ele e disse:

– Sua leitura está melhorando, Tommy. Você merece uma recompensa. Gostaria de copiar a lição de ortografia na lousa?

Tommy sorriu, e ela lhe passou o livro de ortografia e giz. Depois que ele copiou a lição, Laura elogiou sua letra e disse que ele podia estudar ortografia usando a lousa como referência. Então ela entregou o livro a Ruby.

– Você também se saiu muito bem na leitura – Laura disse a ela. – Gostaria de copiar a lição de ortografia na lousa amanhã?

– Ah, sim, senhora! – Ruby respondeu, ávida.

Pronto!, Laura pensou. *Um problema controlado.*

Clarence ficou se remexendo na carteira, derrubou os livros e puxou o cabelo de Martha, mas Laura se lembrou do conselho de Ma e fingiu que nem o via. A pobre Martha não sabia nada de sua lição de gramática; estava tão confusa que simplesmente desistira de entender, e respondia apenas:

– Eu não sei. Eu não sei.

– Acho que você vai ter que estudar a lição de novo, Martha – Laura precisou dizer. E então, para inspirá-la, acrescentou: – Eu mesma gostaria de relê-la. Estou tentando acompanhar minha turma na cidade, e gramática é difícil. Se quiser, podemos repassar a lição na hora do almoço. Gostaria disso?

– Ah, sim – Martha respondeu.

Na hora do almoço, depois de comer, Laura pegou sua própria gramática e disse:

– Pronta, Martha?

A menina sorriu para ela.

Então Clarence perguntou:

– É por isso que estuda o tempo todo? Para poder acompanhar sua turma na cidade?

– Sim. Estudo à noite, mas tenho que estudar aqui também – Laura respondeu, passando por ele e seguindo na direção da lousa.

Clarence assobiou baixo, mas Laura não lhe deu atenção.

Ela trabalhou com Martha na lousa até que a menina conseguisse analisar frases sozinha.

– Agora entendi! – Martha disse. – Agora não vou mais ficar morrendo de medo na hora da gramática.

Então esse era o problema, Laura pensou. Martha estava com tanto medo da gramática que nem conseguia aprender.

– Não precisa ter medo – Laura disse. – Fico feliz em estudar com vocês sempre que precisarem.

Os olhos castanhos de Martha sorriram quase como os de Ida quando ela disse:

– Seria bom, às vezes. Obrigada.

Laura desejou não precisar trabalhar como professora: ela e Martha tinham a mesma idade e poderiam ter sido amigas.

Ela já havia decidido o que fazer com Clarence quanto a História. Ele estava muito atrás de Charles e Martha, mas Laura não lhe perguntou nada que não soubesse responder, e quando passou a lição para o dia seguinte, disse:

– Com exceção de você, Clarence, porque a lição seria longa demais no seu caso. Vamos ver. Quantas páginas para trás você está?

Ele mostrou para Laura, que prosseguiu:

– Quantas acha que consegue aprender? Três está além do que pode dar conta?

– Não.

Não havia mais nada que Clarence pudesse dizer, porque ele não tinha o que contestar.

– Então a turma está dispensada.

Laura se perguntava o que Clarence faria. Os conselhos de Pa e Ma haviam funcionado bem, mas funcionariam também com ele?

Ela não lhe perguntou muita coisa no dia seguinte, mas Clarence parecia saber perfeitamente bem aquelas três páginas. Agora Charles e Martha estavam nove páginas à frente dele. Laura lhes passou mais sete e disse a Clarence:

– Mais três páginas seria demais? Se quiser, podemos continuar assim.

– Está bem – Clarence disse, e daquela vez olhou para Laura com um sorriso simpático no rosto.

Laura ficou tão surpresa que quase sorriu de volta. Então disse, depressa:

– Se achar que é demais, pode ser menos.

– Vou aprender as três páginas – Clarence garantiu.

– Muito bem – Laura disse. – Turma dispensada.

Ela estava se adaptando à rotina diária. O café da manhã em silêncio no friozinho da manhã, a caminhada gelada até a escola, a rodada de recitações, os recreios e o intervalo do almoço dividindo o dia letivo em quatro partes. Depois, a caminhada até a casa dos Brewster para um jantar desanimado, a noite estudando e o sono no sofá estreito. A senhora Brewster ficava sempre carrancuda e quieta. Quase não discutia mais com o senhor Brewster.

A semana se passou e a sexta-feira retornou. Quando sua turma de História foi à frente para recitar, Clarence disse:

– Posso responder às perguntas que quiser. Estou junto com Martha e Charles agora.

Laura ficou impressionada.

– Como pode ser? – ela indagou.

– Se a senhorita pode estudar à noite, também posso – Clarence disse. Laura sorriu para Clarence. Poderia gostar muito dele, se não fosse a professora. Seus olhos castanhos e brilhantes eram como os olhos azuis e brilhantes de Pa. Mas ela era a professora.

– Que bom – ela disse. – Então os três podem trabalhar juntos.

Às quatro da tarde, eles ouviram a música dos sinos, e Clarence sussurrou audivelmente:

– O namorado da professora!

As bochechas de Laura queimaram.

– Podem guardar os livros – ela disse, baixo. – Turma dispensada.

Laura temeu que Clarence gritasse de novo, mas ele não o fez. Já estava a caminho de casa com Tommy e Ruby quando ela fechou a porta da escola e Almanzo a acomodou no trenó.

Uma faca na escuridão

A terceira semana se passou, e depois a quarta. Agora restavam apenas quatro. Ainda que toda manhã Laura ficasse nervosa em relação ao dia que teria pela frente na escola, lá não podia ser pior do que na casa dos Brewster. Toda tarde, às quatro, ela respirava aliviada: mais um dia tinha transcorrido bem.

Não tinha acontecido nenhuma nevasca, mas fevereiro estava sendo um mês frio. O vento parecia punhaladas. Toda sexta e todo domingo, Almanzo Wilder fazia a longa e fria viagem para buscá-la e levá-la. Laura não sabia como sobreviveria às semanas se não aguardasse ansiosamente pelo sábado em casa. Ao mesmo tempo, sentia pena de Almanzo, que fazia aquelas viagens geladas à toa.

Por mais que quisesse voltar para casa toda semana, Laura não queria se sentir em dívida com ninguém. Fazia a viagem ao lado de Almanzo só para poder visitar a família, mas ele não sabia daquilo. Talvez Almanzo achasse que ela fosse continuar dando voltas com ele mesmo depois de voltar para casa em definitivo. Laura não queria se sentir obrigada a isso, tampouco podia ser injusta ou enganosa. Sentia que devia explicar isso a ele, mas não sabia como.

Em casa, Ma ficou preocupada que Laura estivesse emagrecendo.

– Tem certeza de que está comendo o bastante na casa dos Brewster? – Ma perguntou.

– Ah, sim, eu como bastante! – Laura garantiu. – Mas a comida não é tão gostosa como a daqui.

– Sabe, Laura, você não precisa ficar até o fim – Pa disse. – Se tem algo preocupando você, sempre pode voltar para casa.

– Ora, Pa! – Laura exclamou. – Não posso desistir. Não conseguiria outro certificado. Fora que só faltam três semanas.

– Receio que você esteja estudando demais – Ma comentou. – Não parece estar dormindo bem.

– Vou para a cama toda noite às oito – Laura garantiu a ela.

– Bem, como você disse, faltam três semanas apenas – Ma falou.

Ninguém sabia como ela temia voltar para a casa da senhora Brewster. Não adiantaria nada. Passar todo sábado em casa a animava e lhe dava coragem para enfrentar mais uma semana. Só não era justo exigir tanto de Almanzo Wilder.

Era tarde de domingo, e ele a estava levando de volta para a casa dos Brewster. Os dois mal se falavam durante as longas viagens, porque fazia frio demais. Os sinos tilintavam no frio de neve cintilante e o trenó leve corria tanto que eles nem sentiam o vento norte batendo em suas costas. Mas Almanzo fazia o caminho todo de volta para a cidade com o vento batendo no rosto.

A cabana dos Brewster não estava muito longe quando Laura disse para si mesma: *Chega de enrolação*. Então ela falou alto:

– Aceito sua carona porque quero ir para casa. Quando voltar para casa em definitivo, não passearei mais com você. Então agora você sabe, e se quiser se poupar dessas viagens longas e geladas, pode fazer isso.

As palavras soaram horríveis enquanto ela as dizia. Eram abruptas, rudes e detestáveis. Ao mesmo tempo, uma constatação terrível lhe ocorreu, o que significaria se Almanzo não fosse mais buscá-la: Laura teria de passar os sábados e domingos com a senhora Brewster.

Depois de um momento de surpresa, Almanzo respondeu, lentamente:

– Entendi.

Ele não teve tempo de falar mais nada. Ali estava a porta da senhora Brewster, e os cavalos não podiam ficar parados no frio. Laura desceu depressa e disse:

– Obrigada.

Ele levou uma mão ao chapéu de pele e o trenó foi embora, veloz.

Faltam só três semanas, Laura disse a si mesma, mas não conseguiu se animar com isso.

O clima foi esfriando conforme a semana passava. Na quinta pela manhã, Laura notou que a coberta havia congelado em volta de seu nariz enquanto ela dormia. Seus dedos estavam tão entorpecidos que ela mal conseguiu se vestir. No outro cômodo, as bocas do fogão estavam vermelhas, mas seu calor parecia incapaz de penetrar no frio em volta.

Laura mantinha as mãos dormentes perto do fogão quando o senhor Brewster entrou, tirou as botas e começou a esfregar os pés violentamente. A senhora Brewster foi correndo até ele.

– Ah, Lewis, o que aconteceu? – a mulher perguntou, tão ansiosa que Laura ficou surpresa.

– Meus pés – o senhor Brewster disse. – Vim correndo da escola, mas não consigo senti-los.

– Eu ajudo você – a senhora Brewster disse; então, colocou os pés dele sobre suas pernas e começou a esfregá-los. Estava tão preocupada e se mostrava tão gentil que parecia outra pessoa. – Oh, Lewis! Esse lugar terrível… Ah, estou machucando você?

– Pode continuar – o senhor Brewster grunhiu. – Isso quer dizer que o sangue está voltando a circular.

Quando os pés quase congelados do senhor Brewster estavam a salvo, ele disse a Laura para não ir à escola naquele dia.

– Você congelaria.

– Mas as crianças vão para a escola, tenho que estar lá – ela protestou.

– Não acho que alguém vá – disse o senhor Brewster. – Mas acendi o fogo e, se eles forem, podem se esquentar e depois voltar para casa. Não haverá aula hoje – ele completou categoricamente.

Uma professora precisava obedecer ao chefe do conselho escolar.

Foi um dia longo e arrastado. A senhora Brewster o passou sentada, debaixo das cobertas, perto do fogo, sempre carrancuda. Os pés do senhor Brewster doíam, e Johnny estava resfriado e com um pouco de febre. Laura lavou a louça, arrumou a cama no frio e estudou. Quando tentava falar, sentia algo de ameaçador no silêncio da senhora Brewster.

Finalmente, a hora de dormir chegou. Laura torcia desesperadamente para poder ir para a escola no dia seguinte. Nesse meio-tempo, podia escapar indo para a cama. O frio do quarto tirou seu fôlego e deixou suas mãos tão rígidas que ela mal conseguiu se trocar. Por um longo tempo, ficou apenas deitada, com frio demais para pegar no sono. Devagar, ela começou a se esquentar.

Um grito a acordou. A senhora Brewster bradou:

– Você me chutou!

– Não chutei – o senhor Brewster negou –, mas vou chutar, se você não guardar essa faca.

Laura se sentou. O luar entrava pela janela e batia em sua cama. A senhora Brewster gritou de novo, um grito selvagem, sem palavras, que fez Laura se arrepiar.

– Leve essa faca de volta para a cozinha – o senhor Brewster disse.

Laura espiou pela fresta entre as cortinas. O luar atravessava o tecido e quebrava a escuridão, permitindo que ela visse a senhora Brewster de pé ali. Sua camisola comprida de flanela branca arrastava no chão e seu cabelo preto estava solto sobre os ombros. A mão erguida segurava uma faca. Laura nunca tinha sentido tanto medo.

– Se não vou para casa por bem, vou por mal – disse a senhora Brewster.

– Guarde essa faca agora – disse o senhor Brewster, sem se mover, mas visivelmente tenso.

– Vai me levar ou não? – ela insistiu.

– Você vai morrer de frio – o senhor Brewster respondeu. – Não vou discutir isso de novo, não a esta hora da noite. Preciso sustentar você e Johnny, e não tenho nada no mundo além deste terreno. Vá guardar essa faca e volte para a cama antes que congele.

A faca parou de tremer quando a senhora Brewster firmou sua pegada no cabo.

– Vá guardar isso na cozinha – o senhor Brewster ordenou.

Depois de um momento, a senhora Brewster se virou e foi para a cozinha. Laura só deixou a cortina se fechar depois que a mulher voltou e entrou na cama. A menina puxou as cobertas e ficou olhando para a cortina. Estava morrendo de medo. Não ousava dormir. E se acordasse e visse a senhora Brewster assomando sobre ela, com a faca na mão? A mulher já não gostava de Laura.

O que poderia fazer? A casa mais próxima ficava a um quilômetro e meio de distância; congelaria se tentasse percorrer a distância naquele frio. Bem desperta, Laura ficou olhando para as cortinas e ouvindo. Não havia nada além do vento. A lua sumiu, e ela encarou a escuridão até que o dia cinza de inverno nascesse. Quando ouviu o senhor Brewster acender o fogo e a senhora Brewster começando a fazer o café da manhã, Laura se levantou e se vestiu.

Estava tudo igual. Fizeram o café da manhã em silêncio, como sempre. Laura foi para a escola assim que possível. Sentiu-se segura ali, pelo momento. Era sexta-feira.

O vento soprava forte. Felizmente, não era vento de nevasca, mas arrancava partículas de neve dos montes congelados e fazia com que entrassem pelas rachaduras das paredes norte e oeste da cabana. O frio vinha de todos os lados. O aquecedor de carvão parecia incapaz de fazer algo contra ele.

Laura estava pronta para dar início à aula. Embora estivesse perto do fogão, seus pés se encontravam dormentes e os dedos não conseguiam pegar o lápis. Ela sabia que devia estar ainda mais frio nas carteiras.

– É melhor voltarem a vestir o casaco – disse. – E podem vir todos para perto do fogo. Podem se revezar para sentar na frente ou ficar ao lado do fogão. Estudem o melhor que puderem.

O dia todo, a neve soprou baixa por toda a pradaria e entrou pelas paredes da escola. A água do balde congelou, e na hora do almoço eles precisaram descongelar a comida no fogão antes de comer. O vento ficava cada vez mais frio.

Laura se animou ao ver como os alunos se comportavam bem. Ninguém se aproveitou da desordem para ficar à toa ou ser indisciplinado. Ninguém ficou conversando. Todos se mantiveram perto do fogão, estudando, virando-se em silêncio para esquentar as costas, e todos se saíram bem na recitação. Charles e Clarence se revezaram para ir buscar carvão no depósito lá fora e alimentar o fogo.

Laura temia o fim do dia letivo. Não queria voltar. Estava com sono e sabia que precisava dormir, mas tinha medo de fazê-lo na casa da senhora Brewster. Teria que passar o dia seguinte todo e o domingo fechada com a mulher, e em grande parte do tempo o senhor Brewster estaria no estábulo.

Ela sabia que não devia temer. Pa sempre dizia que não devia temer. Provavelmente, nada aconteceria. Laura não temia a senhora Brewster em si, porque sabia que era rápida e forte como um pônei. Isso quando estava acordada. Mas nunca havia desejado tanto poder ir para casa.

Fizera o certo ao dizer a verdade a Almanzo Wilder, mas desejava não o ter feito. De qualquer maneira, ele não poderia buscá-la naquele tempo. O vento soprava cada vez mais forte e mais frio.

Às três e meia, estavam todos com tanto frio que Laura pensou em dispensar a turma mais cedo. Estava preocupada com a caminhada que Martha e Charles precisariam fazer até sua casa. De outro lado, não devia encurtar a oportunidade de aprendizado dos alunos, e não se tratava de uma nevasca.

De repente, ela ouviu sinos de trenó. Cada vez mais perto! Logo estavam à porta. Quando Prince e Lady passaram pela janela, Clarence exclamou:

– Esse Wilder é mais tolo do que eu imaginava, se veio com esse tempo!

– Podem guardar seus livros – Laura disse. Fazia frio demais para que os cavalos ficassem esperando lá fora. – O tempo está piorando, e quanto antes todos chegarem em casa, melhor. Turma dispensada.

Uma viagem gelada

– Cuidado com a lanterna – foi tudo o que Almanzo disse enquanto a ajudava a entrar no trenó. Havia várias mantas de cavalo empilhadas sobre o assento, e nas pontas, sob as peles de búfalo, uma lanterna acesa para aquecer os pés de Laura.

Quando ela entrou na casa, o senhor Brewster disse:

– Não está pensando em ir para casa nesse frio, está?

– Estou – ela respondeu, sem perder tempo. No quarto, vestiu outra anágua de flanela e outro par de meias de lã, por cima dos sapatos. Dobrou o véu de lã preta e grossa e o passou duas vezes pelo rosto e pelo gorro, amarrando as pontas compridas no pescoço. Por cima, colocou o cachecol, deu um nó no peito e fechou o casaco. Então, voltou para o trenó.

O senhor Brewster estava lá, protestando:

– Vocês são loucos de tentar. Não é seguro. Estou tentando convencê- -lo a passar a noite aqui.

– Acha melhor não arriscar? – Almanzo perguntou a Laura.

– Você vai voltar? – ela perguntou a ele.

– Sim, tenho que cuidar dos animais.

– Então eu também.

Prince e Lady partiram depressa. O vento atravessava todas as camadas de lã e tirava o fôlego de Laura. Ela se encolheu toda, mas parecia que água congelada escorria por suas bochechas e seu peito. Laura cerrou os dentes para impedi-las de bater.

Os cavalos tinham pressa. Seus cascos batiam contra a neve dura enquanto os sinos tocavam alegremente. Laura era grata, porque naquela velocidade logo estariam abrigados do frio. Quando eles reduziram a marcha, ela lamentou. Então os cavalos passaram a andar, e Laura imaginou que Almanzo quisesse que descansassem. Provavelmente não deviam ser forçados tanto naquele vento forte.

Ela ficou surpresa quando Almanzo desceu do trenó. Através do véu preto, Laura o viu ir até a cabeça baixa dos animais e o ouviu dizer, enquanto tocava o nariz de Prince com as mãos enluvadas:

– Só um minuto, Lady.

Depois de um momento, Almanzo recolheu as mãos com um movimento de atrito, Prince ergueu a cabeça e seus sinos tilintaram. Almanzo fez o mesmo no nariz de Lady, que ergueu a cabeça também. Então ele voltou para o trenó e saíram a toda.

O véu de Laura era uma crosta de gelo contra sua boca, o que dificultava a fala, portanto ela se manteve em silêncio, ainda que se perguntasse o que havia acontecido. O chapéu de pele de Almanzo estava enterrado até as sobrancelhas e seu cachecol cobria o rosto até os olhos. A respiração dele fazia gelo se formar na pele e na beirada do cachecol. Almanzo dirigia com uma mão só, enquanto mantinha a outra debaixo das cobertas, trocando de vez em quando para não permitir que congelassem.

Os cavalos voltaram a trotar mais devagar, e de novo Almanzo saiu e levou as mãos ao nariz de cada um. Quando voltou, Laura perguntou:

– O que foi?

– A respiração vai congelando em volta do nariz até que eles não conseguem mais respirar – ele respondeu. – Tenho que descongelar.

Não falaram mais nada. Laura se lembrou do gado congelado na nevasca de outubro no princípio do longo inverno. Os animais teriam morrido se Pa não houvesse quebrado o gelo do nariz deles.

O frio atravessava as peles de búfalo. Varava o casaco e o vestido de lã de Laura, as anáguas de flanela e os dois pares de meias de lã sobre a roupa de baixo, também de flanela. Apesar do calor da lanterna, seus pés e suas pernas ficavam cada vez mais gelados. Seu maxilar trancado doía, e as têmporas começaram a doer também.

Almanzo esticou o braço e ajeitou as cobertas de Laura, prendendo-as atrás dos cotovelos dela.

– Está com frio? – ele perguntou.

– Não – Laura respondeu claramente. Era tudo o que conseguia dizer sem que seus dentes batessem. Não era verdade, mas Almanzo sabia que ela queria dizer que não sentia tanto frio que não conseguisse mais suportar. Não havia nada a fazer além de seguir em frente, e Laura sabia que ele também sentia frio.

Mais uma vez Almanzo parou os cavalos e saiu, para descongelar o nariz deles. De novo, os sinos voltaram a soar alegres. Aquele som agora parecia tão cruel quanto o do vento implacável. Embora o véu a deixasse na escuridão, Laura conseguia ver o sol brilhando forte sobre a pradaria branca.

– Tudo bem? – ele perguntou.

– Sim – ela disse.

– Tenho que parar de tantos em tantos quilômetros. Eles não conseguem ir mais longe – Almanzo explicou.

Laura sentiu um aperto no coração. Deviam ter percorrido uns dez quilômetros. Ainda faltavam dez. Eles voltaram a avançar depressa contra o vento cortante. Por mais que tentasse se controlar, Laura tremia toda. Pressionar um joelho contra o outro não os impedia de tremer. A lanterna ao lado de seus pés, sob as peles, não parecia esquentar nada. A dor nas têmporas se intensificou, e ela começou a sentir um nó dolorido no meio do corpo.

Pareceu demorar bastante para que os cavalos voltassem a diminuir a marcha e Almanzo pará-los. Os sinos soaram, primeiro o de Prince, depois o de Lady. Almanzo voltou a entrar no trenó, meio desajeitado.

– Tudo bem? – ele perguntou.

– Sim – ela disse.

Laura estava se acostumando um pouco ao frio. Já não doía tanto, embora o nó no meio de seu corpo parecesse cada vez mais apertado. Os ruídos do vento, dos sinos e das lâminas do trenó na neve se misturavam e formavam um único som monótono e agradável. Ela sabia que Almanzo tinha descido para descongelar o nariz dos cavalos outra vez, mas tudo parecia um sonho.

– Tudo bem? – ele perguntou.

Laura assentiu. Falar era trabalhoso demais.

– Laura! – Almanzo disse, pegando-a pelos ombros e sacudindo-a um pouco. Aquilo doeu. Ela voltou a sentir o frio. – Está com sono?

– Um pouco.

– Não durma. Está me ouvindo?

– Não vou dormir – Laura garantiu. Sabia por que Almanzo pedia aquilo. Se pegasse no sono naquele frio, ela congelaria.

Os cavalos pararam de novo. Almanzo repetiu:

– Está tudo bem?

– Sim – ela respondeu.

Ele foi descongelar o nariz dos cavalos. Quando voltou, disse:

– Não falta muito agora.

Laura sabia que ele queria que respondesse.

– Que bom.

O sono vinha em ondas demoradas e quentes, embora Laura mantivesse os olhos bem abertos. Ela balançou a cabeça, respirou fundo e sentiu o ardor, tentando se manter acordada. Outra onda de sono veio, depois outra. Várias vezes, quando Laura sentia que estava cansada demais para lutar, a voz de Almanzo a ajudava. Ela o ouvia perguntar:

– Tudo bem?

– Sim – Laura admitia, e por um momento ficava desperta. Ouvia os sinos soando claramente e sentia o vento soprar. Então outra onda vinha.

– Chegamos! – ela o ouviu dizer.

– Sim – Laura respondeu. Então ela entendeu que estavam na porta dos fundos de casa. O vento já não era tão forte ali: ele perdia força devido às construções do outro lado da rua Dois. Laura tentou descer do trenó quando Almanzo levantou as cobertas, mas seu corpo estava rígido demais. Ela não conseguia se levantar.

A porta se abriu com tudo. Ma pegou Laura e exclamou:

– Minha nossa! Você está congelada?

– Receio que ela esteja com bastante frio – Almanzo disse.

– Leve os cavalos para o abrigo antes que congelem – Pa disse. – Nós cuidamos dela.

Os sinos voltaram a soar. Com Pa e Ma segurando-a, Laura entrou cambaleando na cozinha.

– Tire os sapatos dela, Carrie – Ma disse, enquanto tirava o véu e o gorro de lã da filha. A respiração congelada de Laura havia grudado o véu no gorro, e os dois saíram juntos. – Seu rosto está vermelho – Ma comentou, aliviada. – Graças a Deus não está branco e congelado.

– Meu corpo só está um pouco dormente – Laura explicou.

Seus pés tampouco estavam congelados, embora ela mal sentisse as mãos de Pa esfregando-os. Agora, na sala quente, Laura começou a tremer dos pés à cabeça. Seus dentes batiam. Ela ficou sentada perto do fogão, tomando o chá de gengibre que Ma lhe fizera. Mas não conseguia se esquentar.

Passara tanto frio desde que saíra da cama aquela manhã. Seu lugar à mesa na cozinha fria dos Brewster era o mais distante do fogo e o mais próximo da janela. Depois ela fizera a longa caminhada até a escola, em meio à neve, com o vento soprando na direção contrária e entrando debaixo de sua saia. Então Laura passara o dia todo na escola, e fizera a longa viagem de volta. Mas, ali, ela não tinha do que reclamar, porque estava em casa.

– Você se arriscou muito, Laura – Pa disse, sério. – Só soube que Wilder pretendia ir buscar você depois que ele já tinha ido embora, e depois tive certeza de que ele passaria a noite nos Brewster. Já fazia quarenta graus abaixo de zero quando ele partiu, e o termômetro congelou depois. Só esfriou desde então. Não temos nem como saber quanto frio faz agora.

– Bem está o que bem acaba, Pa – Laura disse a ele, com uma risada trêmula.

Ela tinha a impressão de que nunca ia se esquentar. Mas foi maravilhoso jantar naquela cozinha alegre e dormir na segurança de sua própria cama. Quando Laura acordou, viu que o tempo estava melhor. No café da manhã, Pa disse que a temperatura estava em trinta graus negativos. Havia começado a esquentar.

Na igreja, naquele domingo, Laura pensou em como tinha sido tola ao se permitir ficar tão infeliz e assustada. Restavam apenas duas semanas, depois ela voltaria em definitivo para casa.

Enquanto Almanzo a levava de volta aos Brewster à tarde, ela agradeceu por tê-la levado para casa naquela semana.

– Não precisa agradecer – ele disse. – Você já sabia que eu faria isso.

– Bem, na verdade, não – Laura comentou, sincera.

– O que pensa de mim? – ele perguntou. – Acha que sou o tipo de homem que deixaria você nos Brewster, morrendo de saudade de casa, só porque não ganho nada em buscá-la?

– Ora, eu...

Laura parou de falar. A verdade era que ela nunca havia pensado no tipo de pessoa que ele era. Almanzo era muito mais velho. Era um colono[3].

– Para dizer a verdade – ele falou –, fiquei em dúvida se deveria arriscar a viagem. Durante toda a semana estive contando em ir buscar você, mas quando olhei para o termômetro cheguei perto de desistir.

– E por que não desistiu? – Laura perguntou.

---

[3] No original, *homesteader*. A palavra designa alguém que vai viver e cultivar em terras doadas pelo governo; é obrigado a viver por algum tempo na terra concedida, até receber o título definitivo de propriedade. O termo aplica-se especialmente no passado. Em 1800, como estímulo à colonização do país, milhares de proprietários se estabeleceram por esse sistema nas pradarias do oeste dos Estados Unidos. (N.T.)

– Bem, parei o trenó na frente da loja do Fuller para olhar o termômetro. O mercúrio estava lá embaixo, nos quarenta negativos, e o vento soprava mais frio a cada minuto que passava. Então Cap Garland passou por ali. Ele me viu pronto para ir buscar você, mas olhando para o termômetro. Então olhou também, e deu um daqueles sorrisos dele, sabe? Bem, quando Cap estava entrando na loja, disse para mim, por cima do ombro: "Deus não gosta de covardes".

– Então você foi me buscar porque considerou um desafio? – Laura perguntou.

– Não, não foi por isso – Almanzo disso. – Só achei que ele estava certo.

A visita do superintendente

Só preciso sobreviver a um dia por vez, Laura pensou, ao entrar na casa. Continuava tudo errado ali. A senhora Brewster não falava, Johnny vivia infeliz, o senhor Brewster se mantinha no estábulo tanto quanto possível. Naquela noite, enquanto estudava, Laura fez quatro marcas no caderno, representando segunda, terça, quarta e quinta. Ela riscaria uma a cada noite. Quando todas estivessem riscadas, restaria apenas uma semana.

Dia após dia, o tempo foi esfriando, mas a nevasca não veio. As noites se passaram em silêncio, embora Laura não dormisse profundamente e acordasse com frequência. Toda noite ela riscava uma marca. A expectativa de riscar mais um dia parecia fazer o tempo passar mais rápido.

Ao longo de toda a quarta-feira, Laura ouviu o vento uivante batendo na janela, e ficou com medo de que não houvesse aula no dia seguinte. Pela manhã, no entanto, o sol estava brilhando, embora não trouxesse calor algum. O vento forte fazia a neve esvoaçar baixa na pradaria. Laura a encarou com alegria enquanto abria caminho pelos montes até a escola.

A neve continuava entrando por entre as frestas, e mais uma vez Laura deixou que os alunos se aproximassem do fogo. Devagar, o fogão vermelho, de tão quente, aqueceu a sala, e quando chegou o recreio Laura mal conseguiu ver o ar que exalava se solidificando, mesmo onde ficava a carteira de Clarence, mais distante. Na hora de reiniciar a aula, ela disse:

– A sala está mais quente agora. Podem voltar a seus lugares.

Eles mal haviam se sentado quando uma batida repentina soou à porta. *Quem poderia ser?*, Laura se perguntou. Enquanto corria até a porta, ela deu uma olhada pela janela, mas não viu nada. Era o senhor Williams, o superintendente das escolas do condado.

Sua parelha, coberta por mantas, estava amarrada a um canto da cabana onde ficava a escola. A neve macia havia abafado o som de sua aproximação, e os animais não tinham sino.

Ele tinha vindo testar Laura como professora, e ela ficou grata que seus alunos se encontrassem cada qual em seu lugar. O senhor Williams sorriu, simpático, quando ela lhe cedeu sua cadeira, próxima ao fogo quente. Todos os alunos estavam debruçados sobre seus livros, estudando, mas Laura sentia como estavam alertas e tensos também. Ela mesma se sentia tão nervosa que era difícil manter a voz baixa e firme.

Que todos tentassem fazer o seu melhor por ela, no entanto, a animou. Até mesmo Charles se esforçou e se superou. O senhor Williams ficou sentado ouvindo as recitações enquanto o vento soprava alto e a neve entrava pelas frestas nas paredes.

Charles levantou a mão e perguntou:

– Posso me aproximar do fogo para me esquentar?

Laura disse que sim, e Martha foi junto, sem pensar em pedir permissão. Os dois estudavam com o mesmo livro. Quando suas mãos estavam quentes, eles retornaram a seus lugares, em silêncio, mas também sem pedir permissão. Aquilo não depunha a favor de Laura como disciplinadora.

Pouco antes do meio-dia, o senhor Williams disse que precisava ir embora. Laura lhe perguntou se ele desejava falar com a turma.

– Sim – o senhor Williams respondeu, sério, e quando aquele homem de mais de um metro e oitenta se levantou o coração de Laura parou. Ela se perguntou desesperadamente o que havia feito de errado.

Com a cabeça quase tocando o teto, ele ficou em silêncio por um momento, para enfatizar o que quer que pretendesse dizer. Então falou:

– O que quer que façam, mantenham os pés quentes.

O senhor Williams sorriu para os alunos e depois para Laura, então apertou a mão dela calorosamente e foi embora.

Ao meio-dia, Clarence esvaziou o balde de carvão no fogão e saiu no frio para enchê-lo de novo. Quando voltou, ele disse:

– Vamos precisar de mais carvão mais tarde. Está esfriando muito rápido.

Ficaram todos junto do fogo, comendo o almoço frio. Na hora de reiniciar a aula, Laura disse aos alunos para levarem os livros para perto do fogão.

– Podem ficar aqui ou se sentar como quiserem. Desde que fiquem em silêncio e aprendam a lição, essa será a regra enquanto o mau tempo perdurar.

O plano funcionou bem. As recitações saíram melhor que antes, e a sala ficou em silêncio enquanto todos estudavam e mantinham os pés aquecidos.

Almanzo diz adeus

Naquele sábado à tarde, Ma ficou preocupada com Laura.

– Está ficando doente? – ela perguntou. – Não é do seu feitio ficar assim sentada, quase dormindo.

– Não é nada, Ma. Só estou um pouco cansada – Laura garantiu.

Pa levantou os olhos do jornal.

– Aquele tal de Clarence está criando problemas outra vez?

– Ah, não, Pa! Ele está se saindo esplendidamente, e todos têm se comportado tão bem quanto possível.

Laura não estava mentindo, mas não podia contar a eles sobre a senhora Brewster e a faca. Se soubessem, não deixariam que voltasse, e ela precisava concluir seu trabalho. Uma professora nunca devia desistir e deixar o período letivo por terminar. Se Laura o fizesse, não conseguiria outro certificado e não seria contratada por nenhum outro conselho escolar.

Por isso, ela se esforçou ainda mais para esconder que estava com sono e com medo de voltar para a casa da senhora Brewster. Restava apenas uma semana.

No domingo à tarde, o tempo havia melhorado. O termômetro marcava vinte e cinco graus abaixo de zero quando Laura e Almanzo partiram. Mal havia vento e o sol brilhava.

Em meio ao silêncio, Laura disse:

– Só falta uma semana. Ficarei feliz quando tudo isso acabar.

– Talvez você sinta falta das viagens de trenó – Almanzo sugeriu.

– Isso é bom – Laura comentou. – Na maior parte das vezes faz frio demais. Imagino que você vá ficar feliz por não precisar mais ir até tão longe. Não sei por que começou com isso. Você não precisa viajar para chegar a casa, embora eu precise.

– Ah, às vezes a pessoa se cansa de ficar sem fazer nada – Almanzo falou. – Dois solteirões podem entediar bastante um ao outro.

– Ora, mas há tantas pessoas na cidade! Você e seu irmão não precisam ficar sozinhos.

– Nada acontece na cidade desde a exposição da escola – Almanzo disse. – Tudo que um homem tem para fazer é ir ao bar jogar bilhar, ou ficar em uma das lojas assistindo aos que jogam xadrez. Às vezes é preferível dar uma volta em companhia melhor, mesmo estando frio.

Laura não pensava em si mesma como boa companhia. Se era aquilo que Almanzo procurava, ela faria um esforço para ser mais divertida. Mas não conseguia pensar em nada para dizer. Esforçou-se para isso, enquanto acompanhava os cavalos marrons trotando depressa.

Os cascos delicados batiam na neve em ritmo perfeito, sua sombra azul voava sobre a neve atrás deles. Pareciam tão alegres, jogando a cabeça para trás e fazendo os sinos soarem, mexendo as orelhas, o focinho subindo à brisa que agitava a crina preta. Laura inspirou profundamente e exclamou:

– Que lindo!

– O quê? – perguntou Almanzo.

– Os cavalos. Olhe só para eles! – Laura respondeu, e naquele momento as cabeças de Prince e Lady se aproximaram como se sussurrassem um para o outro. Juntos, eles tentaram acelerar.

Almanzo os fez voltar a trotar, com gentileza, mas firme, então perguntou:

– Quer conduzi-los?

– Ah! – Laura exclamou. Então acrescentou, sincera: – Pa não deixa. Diz que sou pequena demais e que poderia me machucar.

– Prince e Lady nunca machucariam ninguém – Almanzo disse. – Fui eu quem os criei. E se você acha os dois lindos, queria que tivesse visto o primeiro cavalo que criei, Starlight. Ele tinha uma estrela branca na testa.

O pai lhe dera Starlight, que ainda era um potro, quando Almanzo tinha nove anos e morava no Estado de Nova York. Ele contou a Laura tudo sobre como domara Starlight, e sobre como era lindo. O cavalo tinha sido levado do Oeste para Minnesota, e quando Almanzo partira para as pradarias a oeste pela primeira vez, fora com ele. O cavalo estava àquela altura com nove anos. Almanzo o levara de volta a Marshall, Minnesota, percorrendo cento e setenta quilômetros em um único dia, mas Starlight continuava tão inteiro que tentara apostar corrida com outro cavalo no fim da viagem.

– Onde ele está agora? – Laura perguntou.

– Pastando na fazenda do meu pai em Minnesota – Almanzo disse a ela. – Ele já não é tão jovem, e preciso de dois cavalos por aqui, por isso o deixei com meu pai.

O tempo passou tão rápido que Laura ficou surpresa ao ver a casa dos Brewster à frente. Ela tentou criar coragem, mas estava aflita.

– Por que ficou tão quieta de repente? – Almanzo perguntou.

– Gostaria que estivéssemos indo na outra direção – Laura disse.

– Faremos isso na sexta-feira. – Ele fez os cavalos desacelerarem. – Mas podemos atrasar a chegada um pouquinho.

Laura viu que de alguma maneira ele compreendia que ela tinha medo de entrar naquela casa.

– Até sexta-feira – ele disse, sorrindo de maneira encorajadora ao se afastar com o trenó.

A semana se passou dia a dia, noite a noite, até que houvesse apenas uma noite a superar. O dia seguinte seria sexta, o último dia de aula. Quando aquela noite e aquele dia se passassem, Laura iria para casa em definitivo.

Morria de medo de que algo pudesse acontecer naquela última noite. Diversas vezes, acordou assustada, mas estava tudo quieto e seu coração desacelerou devagar.

As lições de sexta foram incomumente bem aprendidas e todos os alunos se comportaram bem.

Quando o recreio da tarde acabou, Laura chamou a atenção dos alunos e avisou que não haveria mais lições. A aula terminaria mais cedo, porque era o último dia.

Ela sabia que deveria fazer algum discurso de encerramento, e elogiou todos pelo trabalho que haviam realizado.

– Vocês fizeram bom uso da oportunidade que tiveram de vir à escola. Espero que todos possam voltar a frequentar a escola, mas, se não puderem, estudem em casa, como Lincoln fez. Vale a pena se esforçar por sua própria educação, e se não conseguirem muita ajuda nesse sentido procurem ajudar a si mesmos.

Ela deu a Ruby um de seus cartões de visita, rosa-claro com flores formando uma curva acima de seu nome impresso. Atrás, escreveu: *Presenteado a Ruby Brewster, por sua professora, com os melhores cumprimentos. Escola de Brewster, fevereiro de 1883.*

Tommy foi o próximo, depois Martha, Charles e Clarence. Todos ficaram muito felizes. Laura deixou que olhassem para os lindos cartões por um momento e os guardassem em seus livros. Então lhes disse para que separassem livros, lousa e giz para levar para casa. Pela última vez, ela disse:

– Turma dispensada.

Laura nunca havia ficado tão surpresa quanto naquele momento. Em vez de se preparar para sair, como ela esperava, todos os alunos foram até sua mesa. Martha lhe deu uma maçã vermelha bem bonita. Ruby deu um bolinho que a mãe havia feito para a professora. Tommy, Charles e Clarence deram um lápis novo, apontado cuidadosamente para ela.

Ela mal sabia como agradecer.

– Somos nós, senhorita Ingalls, que agradecemos. Muito obrigada por me ajudar com gramática.

– Obrigada, senhorita Ingalls – Ruby disse. – Eu queria que o bolinho tivesse cobertura.

Os meninos não disseram nada, mas, depois que todos se despediram e se foram, Clarence retornou.

– Desculpe por ter sido tão ruim.

– Ora, Clarence! Está tudo bem! – Laura exclamou. – Você se saiu maravilhosamente bem em seus estudos. Estou orgulhosa de você.

Ele olhou para Laura com seu antigo sorriso travesso no rosto e foi embora, deixando a porta bater tão forte que a cabana sacudiu.

Laura limpou a lousa e varreu o chão. Guardou seus livros e papéis e fechou as saídas de ar do fogão. Então vestiu o gorro e o casaco e ficou à janela, esperando os sinos soarem e Prince e Lady pararem à porta.

As aulas haviam terminado. Ela estava indo para casa e ficaria lá! Seu coração estava tão leve que Laura teve vontade de cantar com os sinos. Por mais rápido que os cavalos trotassem, não parecia o bastante.

– Você não vai fazer ir mais rápido com os pés – Almanzo comentou, e Laura deu risada ao ver que empurrava com força a frente do trenó. Ele não falou muito, nem ela. Estar indo para casa era o bastante.

Ela agradeceu com educação e deu boa-noite, mas foi só quando estava na sala, tirando o casaco, que percebeu que Almanzo não havia dito "boa--noite". Ele não havia dito "Vejo você na sexta-feira", como sempre dizia. Só havia dito "Adeus".

Claro, ela pensou. Era adeus. Aquela tinha sido a última viagem de trenó.

Bate o sino

Quando acordou na manhã seguinte, Laura se sentiu mais feliz do que se fosse Natal. *Ah, estou em casa!,* ela pensou.

– Carrie! Bom dia! Acorde, dorminhoca!

Laura quase riu de alegria enquanto colocava o vestido e descia para abotoar os sapatos e pentear o cabelo na cozinha quente, enquanto Ma preparava o café da manhã.

– Bom dia, Ma! – ela cantarolou.

– Bom dia – Ma sorriu. – Você já está com uma aparência melhor.

– É bom estar em casa – Laura disse.   O que devo fazer primeiro?

Ela ficou ocupada pela manhã toda, ajudando com o trabalho do sábado. Embora em geral a secura da farinha nas mãos não lhe agradasse, Laura gostou de sovar a massa enquanto pensava alegremente que estaria em casa para comer o pão fresco de crosta marrom. Seu coração cantarolava junto com seus lábios; ela nunca voltaria à casa dos Brewster.

Era um dia lindo e ensolarado, e naquela tarde, depois que todo o trabalho estava feito, Laura torceu para que Mary Power aparecesse para visitá-la e fazer crochê com ela. Ma se balançava delicadamente na cadeira enquanto tricotava junto à janela ensolarada. Carrie trabalhava em sua colcha de retalhos. Por algum motivo, Laura não conseguia sossegar. Quando Mary não veio e ela havia acabado de decidir que colocaria o casaco e iria até a amiga, ouviu sinos de trenó.

Por algum motivo, seu coração deu um salto. Mas os sinos passaram, sem parar de tocar. E eram poucos, não a fileira suntuosa que Prince e Lady usavam. Sua música ainda não havia morrido quando mais sinos de trenó soaram. Por toda a rua, para cima e para baixo, a quietude cintilava com o barulho dos sinos.

Laura foi até a janela. Viu Minnie Johnson e Fred Gilbert passarem, depois Arthur Johnson com uma menina que ela não conhecia. De novo, sinos soaram, e Mary Power e Cap Garland passaram em um trenó. Então era aquilo que Mary estava fazendo. Cap Garland tinha um trenó com sinos. Mais e mais casais rindo iam de um lado para o outro da rua em seus trenós, passando uma vez e outra pela janela onde Laura se encontrava.

Ela acabou se sentando para fazer crochê, séria. A sala estava arrumada e silenciosa. Ninguém foi ver Laura. Havia ficado tanto tempo fora que provavelmente nem pensavam mais nela. A tarde toda, sinos de trenó soaram. Seus colegas de escola subiam e desciam a rua, dando risadas ao sol e ao frio, divertindo-se muito. Mary e Cap passaram repetidamente, em um trenó para dois.

Bem, Laura pensou, no dia seguinte veria Ida na escola dominical. Mas Ida não apareceu na igreja. A senhora Brown disse que estava muito resfriada.

Naquela tarde, o tempo ficou ainda melhor. De novo, sinos de trenó soaram, e o vento carregou as risadas. De novo, Mary Power e Cap passaram, assim como Minnie e Fred, Frank Hawthorn e May Bird, e todos os recém-chegados que ela mal conhecia. Dois a dois, eles passavam alegremente, rindo e cantando com os sinos. Ninguém pensava em Laura. Passara tanto tempo fora que já a tinham esquecido havia muito.

Ela tentou ler os poemas de Tennyson, séria. Procurava não se importar com ter sido esquecida e deixada de lado. Esforçava-se para não ouvir os sinos e as risadas, embora cada vez sentisse que não suportava mais.

De repente, um trenó parou à porta. Antes que Pa pudesse levantar os olhos do jornal, Laura já tinha aberto a porta. Lá estavam Prince e Lady. Almanzo estava de pé ao lado do pequeno trenó, sorrindo.

– Quer dar uma volta? – ele perguntou.

– Ah, sim! – Laura respondeu. – Só um minuto, vou me arrumar.

Rapidamente ela colocou o casaco, o gorro branco e as luvas. Almanzo ajeitou as cobertas em volta dele e os dois foram embora.

– Não tinha percebido que seus olhos eram assim azuis – ele comentou.

– É o gorro branco – ela disse. – Eu sempre usava o gorro escuro para ir para Brewster.

Ela deu uma risadinha.

– Qual é a graça? – Almanzo perguntou, sorrindo.

– Estou rindo de mim – Laura disse. – Não pretendia mais andar de trenó com você, mas esqueci. Por que veio?

– Achei que você poderia ter mudado de ideia depois de ver a multidão passar – Almanzo respondeu, e eles riram juntos.

O trenó deles era um dos muitos que passavam rapidamente pela extensão da rua principal, fazendo a curva na pradaria a sul, voltando a acelerar, fazendo a curva na pradaria a norte e voltando, sem parar. Por toda a parte, o sol brilhava sobre a neve que cobria a terra. O vento soprava forte contra o rosto deles. Os sinos tocavam, as lâminas do trenó faziam barulho sobre a neve compactada. Laura estava tão feliz que precisou cantar.

> *Bate o sino, pequenino,*
> *Sino de Belém!*
> *Já nasceu o Deus menino*
> *Para o nosso bem.*

Ao longo de toda a rua, outras vozes se juntaram a ela. Indo até a pradaria e voltando, subindo depressa, voltando à pradaria e retornando, os sinos continuavam tocando e as vozes cantando no ar congelado.

Bate o sino, pequenino,
Sino de Belém!

Eles estavam a salvo de nevascas, porque não se distanciavam da cidade. O vento soprava, mas não forte demais, e estavam todos alegres e felizes, porque fazia trinta graus abaixo de zero e o sol brilhava.

Não há lugar
como nosso lar

Na segunda pela manhã, Laura foi feliz para a escola com Carrie. Enquanto seguiam pelo caminho aberto no gelo, Carrie soltou um suspiro aliviado e disse:

– É muito bom ir para a escola com você outra vez. Não parecia certo ir sozinha.

– Eu sentia a mesma coisa – Laura falou.

Quando elas entraram na escola, Ida exclamou, com alegria:

– Olá, professora!

Todos deram as costas para o fogão e foram para junto de Laura.

– Qual é a sensação de vir para a escola como aluna? – Ida perguntou. Seu nariz estava vermelho do resfriado, mas seus olhos castanhos continuavam animados como sempre.

– É *ótimo* – Laura respondeu, apertando a mão de Ida enquanto os outros lhes davam as boas-vindas. Até Nellie Oleson foi simpática.

– Soube que você andou bastante de trenó – ela falou. – Agora que está de volta, talvez possa levar alguns de nós junto.

– Talvez – Laura respondeu.

Ela se perguntou o que Nellie estaria tramando agora. Então o senhor Owen deixou sua mesa e foi cumprimentar Laura.

– Que bom tê-la novamente conosco – ele disse. – Ouvi dizer que se saiu muito bem na sua escola.

– Obrigada, senhor – ela respondeu. – Fico feliz em estar de volta.

Laura queria perguntar quem havia falado sobre seu trabalho, mas não o fez, claro.

Ela começou a manhã um pouco ansiosa, porque temia ter ficado para trás, mas descobriu que mais do que havia conseguido acompanhar a turma. As recitações foram todas revisão de lições que Laura havia estudado durante as noites terríveis nos Brewster e que sabia perfeitamente bem. Continuava sendo a melhor aluna da turma e tinha recuperado a confiança antes mesmo da hora do recreio.

Então as meninas começaram a falar sobre suas redações, e Laura descobriu que o senhor Owen havia pedido como lição de casa de gramática que escrevessem sobre ambição.

A recitação de gramática começaria imediatamente depois do recreio. Laura entrou em pânico. Nunca havia escrito uma redação, e agora precisava fazê-lo em minutos, enquanto os outros haviam escrito as deles em casa. A senhora Brown, que escrevia para o jornal da igreja, até ajudara Ida com a dela, o que significava que devia estar boa.

Laura não fazia ideia de como começar. Não sabia nada sobre ambição. Só conseguia pensar que ia fracassar em uma matéria em que sempre tinha ficado em primeiro lugar. Aquilo não podia acontecer, não devia acontecer. Não ia acontecer. Mas como escreveria uma redação? Só lhe restavam cinco minutos.

Ela se pegou olhando para a capa de couro amarelado do dicionário que ficava na mesa do senhor Owen. Talvez tivesse alguma ideia lendo a definição de ambição. Seus dedos estavam frios enquanto ela passava pelas páginas com palavras que começavam por "A", mas a definição era interessante. De volta a sua carteira, Laura escreveu o mais rápido que pôde, e continuou escrevendo desesperadamente enquanto o professor chamava a atenção da turma. Ela imaginava que sua redação não estivesse boa, mas não tinha tempo de reescrevê-la ou de acrescentar o que quer que fosse. O senhor Owen já estava chamando sua turma para recitar.

Um a um, conforme ele os chamava, os outros leram suas redações, enquanto o coração de Laura apertava. Todas pareciam melhores que a dela. Por fim, o senhor Owen disse:

– Laura Ingalls.

A turma toda se agitou e olhou para ela, em expectativa.

Laura se levantou e se obrigou a ler em voz alta o que havia escrito. Era o melhor que havia conseguido fazer.

AMBIÇÃO

A ambição é necessária para a realização. Sem a ambição de atingir um fim, nada nunca seria feito. Sem a ambição de superar os outros e a si mesmo, não haveria mérito superior. Para conquistar o que quer que seja, precisamos ser ambiciosos.

A ambição é uma boa criada e uma má senhora. Desde que controlemos nossa ambição, está tudo bem, mas se há risco de sermos governados por ela, nas palavras de Shakespeare: "Cromwell, ordeno a você, livre-se de sua ambição. Por esse pecado caíram os anjos".

Era tudo. Laura aguardou, sentindo-se infeliz, pelos comentários do senhor Owen. Ele olhou para ela e disse:

– Você já escreveu redações antes?

– Não, senhor. Foi a primeira.

– Então deveria escrever mais – o senhor Owen falou. – Eu nem teria imaginado que alguém poderia escrever bem assim em sua primeira tentativa.

A surpresa fez Laura gaguejar:

– É t-tão… curta… Tirei a maior parte do dicionário…

– Não parece em nada com o dicionário – o senhor Owen disse. – Não tenho o que corrigir. Nota dez. Turma dispensada.

Laura não poderia ter tirado uma nota mais alta. Continuava a primeira da turma. Agora, sentia-se confiante em que, trabalhando com afinco, manteria seu lugar. E aguardaria com alegria a oportunidade de escrever mais redações.

O tempo parou de se arrastar. A semana passou em um piscar de olhos, e na sexta-feira, quando Laura e Carrie chegaram a casa, Pa disse:

– Tenho algo para você, Laura.

Os olhos dele estavam brilhando quando tirou o canivete do bolso. Então, uma a uma, Pa colocou quatro notas de dez dólares na mão dela.

– Vi Brewster nesta manhã – Pa explicou. – Ele me entregou isso, e disse que você foi uma boa professora. Gostariam que você voltasse no próximo inverno, mas eu disse que você não ficaria tão longe de casa outra vez. Sei que não foi agradável ficar lá, ainda que você não tenha reclamado, e sinto muito orgulho por você ter resistido até o final.

– Ah, Pa! Valeu a pena – Laura disse, sem fôlego. – Quarenta dólares!

Ela já sabia o valor que ia ganhar, mas as notas em sua mão faziam aquilo parecer real pela primeira vez. Laura olhou para elas, sem conseguir acreditar mesmo agora. Quatro notas de dez dólares. Quarenta dólares.

Ela as ofereceu a Pa.

– Aqui. Pode pegar, para Mary. É o bastante para que ela possa vir para casa durante as férias de verão, não?

– Sim, e ainda sobra – Pa disse, enquanto voltava a guardar as notas no bolso.

– Ah, Laura, você não vai ganhar pelas aulas que deu na escola? – Carrie perguntou.

– Vamos todos ver Mary no verão – ela respondeu, feliz. – Só dei aulas por causa dela.

Era uma sensação maravilhosa, a de saber que havia ajudado tanto. Quarenta dólares. Laura se sentou para fazer uma boa refeição na cozinha agradável de casa e disse:

– Gostaria de poder ganhar mais dinheiro.

– Você pode, se quiser – Ma disse, o que foi inesperado. – A senhora McKee disse nesta manhã que gostaria de poder contar com sua ajuda aos sábados. Ela tem mais vestidos encomendados do que consegue dar conta sozinha, e pagará cinquenta centavos mais o almoço.

– Ah! – Laura exclamou. – Disse a ela que eu vou, Ma?

– Disse que você poderia ir, se quisesse – Ma respondeu, com um sorriso.

– Quando? Amanhã? – Laura perguntou, ansiosa.

– Amanhã às oito – Ma falou. – A senhora McKee disse que não conseguiria recebê-la antes. Você vai trabalhar das oito às seis, a menos que o volume seja muito grande. Se precisar ficar até mais tarde para terminar algo, ela vai lhe dar o jantar.

A senhora McKee fazia os vestidos da cidade. Os McKee eram recém--chegados que moravam em uma casa nova, entre os armarinhos Clancy e a construção nova na esquina da rua principal com a Segunda. Laura havia conhecido a senhora McKee na igreja e gostava dela. Era uma mulher alta e magra, com olhos azuis bondosos e um sorriso simpático. Ela usava o cabelo castanho-claro preso em um coque na altura da nuca.

Agora os dias de Laura estavam cheios, e de uma maneira agradável. A escola passava depressa, e a semana toda ela aguardava pelo dia de costurar na sala da senhora McKee – que estava sempre tão em ordem que Laura mal notava o fogão a um canto.

Nas manhãs de domingo, havia escola dominical e igreja, e todas as tardes de domingo em que fazia tempo bom ela saía para andar de trenó. Prince e Lady vinham descendo a rua com seus sinos tocando alegremente e paravam à porta de Laura, então ela passeava com Almanzo no trenó, atrás dos cavalos mais bonitos e rápidos do desfile da cidade.

O melhor de tudo eram as manhãs e noites em casa. Laura percebeu que nunca as havia valorizado devidamente. Não havia silêncios carrancudos, brigas latentes ou rompantes de raiva.

Ao contrário disso, havia conversas agradáveis, piadinhas felizes e noites estudando e lendo, depois Pa tocando a rabeca. Como era bom ouvir as melodias familiares que a rabeca cantava à luz da lamparina na sala quente. Às vezes Laura pensava em como era feliz e tinha sorte. Nada em nenhum outro lugar poderia ser melhor que estar em casa com sua família, ela tinha certeza.

Primavera

Uma tarde de sábado em abril, Laura, Ida e Mary Power caminhavam devagar para casa, voltando da escola. O ar estava úmido e brando, o gelo dos beirais derretia e a neve fazia barulho sob os pés.

– A primavera já está chegando – Ida disse. – Só temos mais três semanas de aula.

– Sim, e aí voltaremos para nossa propriedade – Mary disse. – Vocês também, não é, Laura?

– Imagino que sim – ela respondeu. – Parece que o inverno mal começou e já se foi.

– Sim, se essa onda de calor durar não haverá mais neve amanhã – Mary disse. Aquilo significava que tampouco haveria passeio de trenó.

– Gosto da nossa propriedade – Laura disse. Ela pensou nos bezerros e nas galinhas, na horta crescendo, com alface, rabanete e cebolinha, nas violetas e rosas que abririam em junho, em Mary vindo visitar da faculdade.

Laura cruzou com Carrie a rua molhada e entrou em casa. Pa e Ma estavam na sala, e um desconhecido se encontrava sentado na cadeira de balanço de Mary. Laura e Carrie hesitaram à porta, mas ele se levantou e sorriu para elas.

– Não me reconhece, Laura? – ele perguntou.

Então Laura o reconheceu. Ela se lembrava de seu sorriso, tão parecido com o de Ma.

– Ah, tio Tom! É o tio Tom! – Laura exclamou.

Pa deu risada.

– Eu disse que ela reconheceria você, Tom.

Ma abriu um sorriso parecido com o de tio Tom enquanto ele apertava a mão de Laura e Carrie.

Carrie não se lembrava do tio Tom, porque não passava de um bebê na época em que haviam morado na Grande Floresta de Wisconsin. Mas Laura já tinha cinco anos quando eles foram à festa do açúcar[4] na casa da avó, à qual o tio comparecera. Ele era tão discreto que Laura mal pensara a seu respeito desde então, mas agora se lembrava do que tia Docia havia dito sobre ele quando os visitara no riacho Plum, em Minnesota.

Tio Tom era um homem pequeno e quieto, com um sorriso amável. Olhando para ele do outro lado da mesa, Laura mal conseguia acreditar que passara anos como capataz de equipes madeireiras que transportavam toras da Grande Floresta rio abaixo. Embora tio Tom fosse pequeno e de fala mansa, havia comandado homens rústicos e lidado sem medo com viagens perigosas. Laura se lembrou de tia Docia contando que, uma vez, ele havia mergulhado entre os troncos que flutuavam de uma carga perdida e tirado um homem machucado do rio, agarrando-se a eles – sendo que nem sabia nadar.

Agora ele tinha muito a contar a Pa, Ma e Laura. Falou de sua esposa, tia Lily, e da bebê deles, Helen. Falou da família de tio Henry, tia Polly, Charley e Albert.

Depois de deixar o lago Silver, eles não haviam ido para Montana, no fim das contas. Tinham parado em Black Hills e ficado por lá, com exceção de

---

[4] No original, *sugaring-off*, ou festa do açúcar: é uma comemoração tradicional dos Estados Unidos e do Canadá que marca o início da primavera e reúne anualmente várias gerações, de crianças a idosos. Tocam muita música, sempre com violinos, e todos se regalam com confeitos doces de vários tipos. O açúcar de bordo é um adoçante natural do Canadá e do noroeste dos Estados Unidos, preparado a partir da árvore de bordo, cuja seiva do tronco é abundante em sacarose. (N.T.)

prima Louisa, que havia se casado e prosseguido até Montana. Já tia Eliza e tio Peter ainda moravam no leste de Minnesota, mas Alice, Ella e Peter se encontravam em alguma parte do território de Dakota.

Carrie e Grace ouviam tudo de olhos arregalados. Carrie não se lembrava de nada daquelas pessoas, e Grace não conhecia a Grande Floresta e não participara da festa do açúcar nem mesmo dos Natais em que tio Peter e tia Eliza os visitavam com os primos Alice, Ella e Peter. Laura sentiu pena pela irmã mais nova, que havia perdido tudo aquilo.

O jantar passou depressa, e quando a lamparina foi acesa a família se reuniu na sala, em torno de tio Tom. Pa conversou mais um pouco com ele sobre os acampamentos de extração de madeira e o transporte das toras, os rios caudalosos e os trabalhadores rústicos e corpulentos. Tio Tom contou tudo, usando uma voz tão suave quanto a de Ma e com um sorriso gentil como o dela no rosto.

– Então, essa é sua primeira viagem para o Oeste – Pa disse.

– Ah, não – tio Tom respondeu, baixo. – Eu estava com os primeiros homens brancos que colocaram os olhos em Black Hills.

Pa e Ma ficaram surpresos por um momento. Então, Ma perguntou:

– O que você foi fazer lá, Tom?

Procurar ouro – clc cxplicou.

– Que pena que não encontrou algumas minas – Pa brincou.

– Ah, nós encontramos – tio Tom revelou. – Mas não nos serviu de nada.

– Ora essa! – Ma exclamou, baixo. – Conte mais, por favor.

– Bem, vamos ver. Saímos de Sioux City, oito anos atrás – tio Tom começou. – Em outubro de 1874. Éramos vinte e seis homens, e um de nós levou a esposa e o filho de nove anos junto.

Eles tinham viajado em carroças cobertas com parelhas de bois e alguns cavalos. Cada homem tinha uma Winchester, outras armas pequenas e munição suficiente para durar oito meses. Também levavam farinha, bacon, feijão e café nas carroças, e a maior parte da carne que comiam vinha da caça, que era boa. Encontravam muitos alces, antílopes e veados. O maior problema era a falta de água na pradaria. Por sorte, estavam no início do inverno e havia bastante neve, que derretia à noite e enchia os barris.

As tempestades os atrasaram um pouco. Durante as nevascas, eles não levantavam acampamento. Entre as tempestades, a neve dificultava o avanço, e eles caminhavam para aliviar o peso das carroças. Até a mulher percorrera grande parte do caminho a pé. Em um bom dia, percorriam vinte e cinco quilômetros.

Eles se embrenharam em território desconhecido, sem ver nada além da pradaria congelada e das tempestades, e de tempos em tempos alguns índios à distância, até que chegaram a uma estranha depressão. Ela bloqueava seu caminho e se estendia até onde a vista alcançava. Parecia impossível que as carroças seguissem por ali, mas não tinham o que fazer além de atravessar a depressão, portanto, com uma dificuldade considerável, os veículos desceram.

Lá embaixo, estranhas formações de terra assomavam a toda a sua volta, com centenas de metros de distância. As laterais eram íngremes e às vezes salientes, cortadas e esculpidas pelos ventos soprando desde sempre. Nenhuma vegetação crescia ali, nem mesmo uma árvore, um arbusto ou grama. A superfície parecia lama endurecida e seca, a não ser por alguns pontos em que se viam manchas de cores brilhantes. O piso da depressão estava repleto de conchas petrificadas, crânios e ossos.

Tio Tom disse que era um lugar sinistro. As rodas das carroças esmagavam os ossos e as formações altas pareciam se virar depois que eles passavam, sendo que algumas lembravam rostos e ídolos estranhos. As carroças precisavam passar entre elas, seguindo as ravinas ou os vales. Contornando aquelas estranhas formações, eles se perderam. Levaram três dias para conseguir sair daquele lugar, e um dia de trabalho duro para conseguir tirar as carroças.

Olhando para trás, um velho garimpeiro disse a tio Tom que deviam ser as Terras Ruins de que ouvira índios contando histórias. E acrescentou:

– Acho que quando Deus fez o mundo, jogou todos os restos naquele buraco.

Depois, eles voltaram a atravessar a pradaria até chegar a Black Hills. Lá, encontraram abrigo do vento forte, mas ficou difícil avançar, porque os vales estavam cheios de neve e as colinas eram íngremes.

Fazia setenta e oito dias que estavam viajando quando montaram seu último acampamento, à beira do riacho. Ali, construíram uma paliçada de sete metros quadrados, com toras de quatro metros que fizeram com os pinheiros das colinas e colocaram na vertical, bem juntas, enterrando uma extremidade quase um metro no chão. Foi difícil, com o solo congelado. Do lado de dentro da parede, eles usaram toras menores para cobrir cada fresta entre as maiores, com estacas pesadas de madeira.

Em cada canto da paliçada quadrada, um bastião de madeira robusta se destacava, para que tivessem de onde atirar. Ali, e ao longo das paredes, abriram vigias. A única entrada era um portão duplo, com três metros e meio de largura, feito de toras largas unidas com pinos de madeira. Quando terminaram o trabalho, tinham uma boa paliçada.

Dentro, construíram sete cabanas pequenas, e moraram ali durante o inverno. Caçaram para ter carne e colocaram armadilhas para conseguir peles. O inverno foi rigoroso, mas eles sobreviveram, e na primavera encontraram ouro, pepitas dele, e um rico pó de ouro no cascalho congelado e sob o gelo no leito dos riachos. Mais ou menos na mesma época, os índios atacaram. Naquela paliçada, podiam se proteger deles, mas o problema era que morreriam de fome se não pudessem sair para caçar. Os índios ficaram por ali, sem iniciar combate, mas sufocando qualquer um que começasse e esperando que os outros morressem de fome. Assim, eles reduziram as rações e apertaram os cintos, com o intuito de aguentar tanto quanto possível sem matar os bois.

Então, uma manhã, ouviram um clarim ao longe.

Quando tio Tom disse isso, Laura se lembrou do som, muito tempo antes, ecoando desde a Grande Floresta, quando tio George tocou seu clarim do Exército.

– Soldados? – ela perguntou.

– Sim – tio Tom confirmou.

Então eles souberam que estavam bem, porque soldados se aproximavam. Os vigias gritaram e todos se reuniram nos bastiões para observar. Então ouviram o clarim de novo. Logo, ouviram o pífaro e o tambor, então viram a bandeira tremulando e as tropas vindo atrás.

Eles abriram o portão e saíram, todos juntos, correndo o mais rápido possível na direção dos soldados. Só que as tropas os fizeram prisioneiros ali mesmo e queimaram a paliçada e tudo que havia dentro, incluindo carroças, cabanas e peles. Mataram até os bois.

– Ah, Tom! – Ma disse, como se não suportasse ouvir aquilo.

– Era território indígena – tio Tom disse apenas. – Estritamente falando, não tínhamos o direito de estar ali.

– Então vocês saíram sem nada, apesar de todo o trabalho e todo o perigo que passaram? – Ma perguntou.

– Perdi tudo o que tinha além do meu rifle – disse tio Tom. – Os soldados também deixaram que ficássemos com nossas armas. Mas fomos embora marchando, como prisioneiros.

Pa andava de um lado para outro na sala.

– Eu não teria aceitado isso! – ele exclamou. – Não sem brigar.

– Não tínhamos como lutar contra todo o Exército dos Estados Unidos – tio Tom falou, sensato. – Mas odiei ver a paliçada virar fumaça.

– Eu sei – Ma disse. – Até hoje penso na casa que precisamos deixar em território indígena. Bem quando Charles havia colocado vidraças nas janelas.

Tudo isso aconteceu com tio Tom enquanto morávamos no riacho Plum, Laura pensou. Por algum tempo, ninguém falou. Então o velho relógio chiou em aviso e, devagar e solenemente, bateu apenas uma vez.

– Minha nossa! Vejam só a hora! – Ma exclamou. – É como se você tivesse nos enfeitiçado, Tom. Não é à toa que Grace pegou no sono. Meninas, corram para a cama e levem sua irmã junto. Laura, tire o colchão de penas da minha cama e separe algumas colchas, vou arrumar a cama para Tom aqui embaixo.

– Não mexa na sua cama, Caroline – Tom protestou. – Posso dormir no chão, com um cobertor. Já fiz isso várias vezes.

– Charles e eu podemos passar uma noite no colchão de palha – disse Ma. – Quando penso no frio e no desconforto em que deve ter dormido tantas noites naquela viagem...

O vento frio da história de tio Tom se embrenhou tanto na mente de Laura que na manhã seguinte foi estranho ouvir o vento Chinook[5] soprando suavemente e os beirais gotejando e constatar que era primavera e estavam naquela cidade tão agradável. O dia todo, enquanto Laura costurava com a senhora McKee, Pa e Ma ficaram com tio Tom. No dia seguinte, apenas Laura, Carrie e Grace foram à escola dominical e à igreja. Pa e Ma ficaram em casa para não desperdiçar nenhum momento da curta visita dele, que na segunda-feira cedo voltaria para sua casa em Wisconsin.

Restavam apenas alguns trechos de neve sobre a lama. Laura sabia que não haveria mais passeio de trenó, e sentia muito por aquilo.

Estavam todos sentados em volta da mesa depois do almoço de domingo, com Pa, Ma e tio Tom falando de pessoas que Laura não conhecia, quando uma sombra passou pela janela. Ela reconheceu a batida à porta e se apressou a abri-la, perguntando-se por que Almanzo estaria ali.

– Gostaria de dar a primeira volta de coche da primavera? – ele perguntou. – Comigo e com Cap e Mary Power?

– Ah, sim! – Laura respondeu. – Não quer entrar enquanto visto o casaco e o chapéu?

– Não, obrigado – ele declinou. – Vou esperar aqui fora.

Quando Laura saiu, viu Mary e Cap sentados no banco de trás do coche de Cap. Almanzo a ajudou a subir no banco da frente, assumiu as rédeas e se sentou ao lado dela. Então Prince e Lady subiram a rua trotando e pegaram a estrada que seguia para o leste.

Ninguém mais tinha saído de carroça, por isso não era uma festa igual à dos trenós, mas Laura, Mary e Cap riam felizes. A estrada estava lamacenta. Água e neve salpicavam nos cavalos, no coche e na coberta de linho

---

[5] Ventos Chinook, ou simplesmente os Chinook, são ventos quentes e secos que ocorrem no oeste dos Estados Unidos e podem aumentar subitamente a temperatura. Originam-se de ventos quentes e úmidos vindos do Oceano Pacífico. (N.T.)

sobre seus joelhos. Mas o vento da primavera batia suave em seus rostos e o sol brilhava calorosamente.

Almanzo não participava da conversa alegre. Dirigiu concentrado, sem sorrir ou dizer nada, até que Laura lhe perguntou o que havia de errado.

– Nada – ele disse. Mas logo perguntou: – Quem é aquele rapaz?

Não havia mais ninguém por perto.

– Que rapaz? – Laura perguntou.

– O rapaz com quem você estava conversando quando cheguei – ele disse.

Laura ficou atônita. Mary irrompeu em risos.

– Não vá ficar com ciúmes do tio de Laura! – ela disse.

– Ah, está falando dele? É tio Tom, irmão de Ma – Laura explicou.

Mary Power continuou rindo tanto que Laura se virou para ela, bem a tempo de ver Cap pegando um grampo do coque dela.

– Quero sua atenção – Cap disse a Mary.

– Ah, pare, Cap! Dê o grampo aqui – Mary disse, tentando recuperá-lo.

Cap o manteve fora do alcance dela e ainda pegou outro.

– Não, Cap! Não! – Mary implorou, levando as duas mãos ao coque em sua nuca. – Laura, ajude!

Laura entendia como a situação era desesperadora, porque só ela sabia que Mary usava aplique. Cap precisava ser impedido: se Mary perdesse mais grampos, seu belo coque cairia.

Naquele instante, um pouco de neve do casco de Prince respingou no colo de Laura. O ombro de Cap estava virado para ela enquanto ele brincava com Mary. Laura recolheu a neve e a enfiou na parte de trás do colarinho dele.

– Ai! – Cap gritou. – Por que não me dá uma mão aqui, Wilder? Duas garotas contra mim é demais.

– Estou ocupado dirigindo – Almanzo respondeu, e todos riram. Era fácil rir na primavera.

Mantendo uma propriedade

Tio Tom voltou para o Leste de trem na manhã seguinte. Quando Laura chegou da escola para o almoço, ele já havia partido.

– Assim que Tom se foi, a senhora McKee apareceu – Ma contou. – Ela está aflita, Laura, e me perguntou se você concordaria em ajudá-la.

– Ora, claro que sim, se puder – Laura disse. – O que foi?

Ma explicou que, por mais que a senhora McKee tivesse passado o inverno todo fazendo vestidos, sua família ainda não podia voltar para sua propriedade. O senhor McKee precisava continuar trabalhando no depósito de madeira até que tivessem dinheiro bastante para comprar ferramentas, sementes e animais. Ele queria que a senhora McKee e a filhinha deles, Mattie, fossem passar o verão na propriedade, para que não fosse tirada deles. Mas a senhora McKee avisou que não moraria na pradaria sozinha, com ninguém além de Mattie, e que era melhor que perdessem o terreno.

– Não sei por que ela tem tanto medo, mas tem – Ma comentou. – Parece que ficar sozinha, a quilômetros de qualquer outra pessoa, a assusta. Por isso, o senhor McKee estava pronto para abrir mão da propriedade, segundo ela me disse. Depois que ele foi trabalhar, ela pensou a respeito e veio aqui me dizer que, se você fosse com ela, aceitaria ficar no terreno. E disse que pagaria a você um dólar por semana só para lhe fazer companhia, como um membro da família.

– Onde fica a propriedade? – Pa perguntou.

– Ao norte de Manchester – disse Ma.

Manchester era uma cidadezinha nova que ficava a oeste de De Smet.

– Bem, você quer ir, Laura? – Pa perguntou a ela.

– Acho que sim – Laura disse. – Vou ter que perder o restante das aulas, mas posso compensar sozinha, e gostaria de continuar tendo algum rendimento.

– Os McKee são boas pessoas, e seria muito bom para eles. Você pode ir, se quiser – Pa decidiu.

– Seria uma pena se você perdesse a visita de Mary – Ma comentou.

– Se eu conseguir fazer com que a senhora McKee fique bem acomodada na propriedade e se acostume com ela, talvez possa voltar para casa por algum tempo para ver Mary – Laura disse.

– Bem, se quiser ir, então vá – Ma disse. – Não precisamos resolver mais nada antes da hora. Provavelmente dará tudo certo, de alguma forma.

Assim, na manhã seguinte, Laura pegou o trem para Manchester com a senhora McKee e Mattie. Ela havia andado de trem uma única vez, quando se mudaram do riacho Plum para lá, por isso se sentiu uma passageira experiente ao seguir o guarda-freio com sua mala pelo corredor até seu lugar. Não era como se não soubesse nada sobre trens.

Era uma viagem de doze quilômetros até Manchester. Ali, os guarda-freios descarregaram os móveis da senhora McKee do vagão de carga que ia à frente do vagão de passageiros e um homem os transferiu para sua carroça. Antes que terminasse, o dono do hotel já estava batendo em seu triângulo de ferro para chamar todos para comer. Assim, a senhora McKee, Laura e Mattie almoçaram no hotel.

Logo depois, o carroceiro parou na frente da porta e ajudou Laura e a pequena Mattie a subir e se sentar lá em cima, em meio a roupas de cama, fogão, mesa, cadeiras, baú e caixas de provisões. A senhora McKee foi ao lado do homem no banco.

Sentadas com os pés no ar, viradas para a lateral da carroça, Laura e Mattie se seguravam uma à outra e às cordas que mantinham a carga no lugar conforme a parelha seguia sacolejando pela pradaria. Não havia estrada. As rodas afundavam onde a neve derretida havia amolecido a terra, e a carroça e sua carga balançavam de um lado para o outro. Mas tudo correu bem até que chegassem a um charco. Ali, na porção mais baixa do terreno, a água formava poças em meio às gramíneas.

– Não estou muito seguro – o carroceiro disse, olhando para a frente. – Parece que esse trecho está bem ruim, mas não há como contorná-lo, então vamos ter que tentar. Talvez possa atravessar rápido o bastante para que não dê tempo de atolar.

Quando chegaram à beira do charco, o carroceiro disse:

– Segurem-se todos!

Ele pegou o chicote e gritou para os cavalos, que aceleraram cada vez mais, até que, instigados, começaram a correr. A água levantada pelas rodas da carroça lembrava asas subindo. Laura se agarrou às cordas e a Mattie com todas as suas forças.

Então tudo ficou em silêncio. Quando já estavam do outro lado do pântano, o carroceiro parou para que os cavalos descansassem.

– Bem, conseguimos! – ele disse. – As rodas nao ficaram no mesmo lugar por tempo suficiente para que afundasse. Se uma carroça atolasse ali, não teria como sair.

Não era à toa que ele parecia aliviado: quando Laura olhou para trás, não viu o rastro da carroça no pântano, porque já havia sido coberto pela água.

Eles seguiram pela pradaria e finalmente chegaram a uma cabana nova, pequena e isolada. Havia outra a pouco menos de um quilômetro de distância, e dava para ver uma terceira a leste, mais distante.

– É aqui, senhora – o carroceiro disse. – Vou descarregar e trazer um fardo de feno para queimar, daquela cabana cerca de um quilômetro a oeste. O homem que ficou ali no verão passado desistiu e voltou para o Leste, mas vi que deixou alguns fardos de feno para trás.

Ele descarregou a carroça na cabana e instalou o fogão. Depois, afastou--se para buscar o feno.

Uma divisória separava a cabana em dois cômodos pequenos. A senhora McKee e Laura colocaram uma cama no quarto com o fogão, e a segunda do outro lado. Com a mesa, quatro cadeiras de madeira pequenas e o baú, a casinha já estava completa.

– Que bom que não trouxe mais nada! – disse a senhora McKee.

– Sim – Laura concordou. – Como Ma diria: o bastante já basta.

O carroceiro logo voltou com um fardo de feno, depois partiu para Manchester. Elas encheram os dois colchões com feno, arrumaram a cama e desembalaram a louça. Então Laura ficou fazendo gravetos com o feno da pequena pilha atrás da cabana, os quais Mattie levava para dentro para alimentar o fogo enquanto a senhora McKee fazia o jantar. A mulher não sabia como torcer o feno, mas Laura havia aprendido aquilo no longo inverno.

Quando o crepúsculo caiu sobre a pradaria, os coiotes começaram a uivar e a senhora McKee trancou a porta e fechou bem as janelas.

– Não sei por que a lei nos obriga a isso – ela disse. – Que bem faz uma mulher ficar em uma propriedade o verão inteiro?

– Pa diz que é uma aposta – Laura falou. – O governo aposta que homem nenhum conseguirá se manter em um terreno por cinco anos sem morrer de fome, e o prêmio é o próprio terreno.

– Ninguém poderia – disse a senhora McKee. – Quem quer que faça essas leis deve saber que quem tem dinheiro o bastante para plantar também tem dinheiro o bastante para comprar uma fazenda. Se ele não tem dinheiro, precisa ganhá-lo, então por que fazer uma lei para obrigá-lo a ficar em um terreno quando não pode? Isso significa que a esposa e a família vão ter que passar sete meses do ano nele, sem nada para fazer. Eu poderia estar ganhando alguma coisa fazendo vestidos para ajudar a comprar ferramentas e sementes, se não precisasse ficar aqui. Confesso que isso me faz acreditar nos direitos das mulheres. Se elas votassem e fizessem as leis, acredito que seriam mais sensatas. Isso são lobos?

– Não – Laura disse. – São apenas coiotes, que não machucam ninguém.

Estavam todas tão cansadas que nem acenderam a lamparina: foram direto dormir, Laura e Mattie na cozinha e a senhora McKee na sala da frente. Quando o silêncio caiu, a solidão pareceu se apossar da cabana. Laura não tinha medo, mas nunca havia ficado em um lugar tão afastado sem Pa, Ma e suas irmãs. Ela ouviu os coiotes ao longe, depois mais longe ainda. Depois, não ouviu mais. O charco estava tão distante que não dava para escutar os sapos. Não havia barulho algum além do sussurro do vento da pradaria para quebrar o silêncio.

Laura acordou para o dia vazio com o sol brilhando em seu rosto. O pouco trabalho que havia logo estava concluído. Ela não tinha mais nada a fazer, nenhum livro a estudar, ninguém para ver. Por um tempo, foi agradável. Durante a semana toda Laura, a senhora McKee e Mattie não fizeram nada além de comer, dormir e ficar sentadas, conversando ou em silêncio. O sol se levantava e se punha e o vento soprava. A pradaria estava vazia, a não ser pelos pássaros e pela sombra das nuvens.

No sábado à tarde, elas se vestiram e andaram os três quilômetros até Manchester para encontrar o senhor McKee e acompanhá-lo até a propriedade. Ele ficou até o domingo à tarde, quando retornaram à cidade e o senhor McKee pegou o trem de volta a De Smet para o trabalho. A senhora McKee, Laura e Mattie fizeram o caminho de volta para passar mais uma semana na propriedade.

Elas ficaram felizes quando o sábado chegou, mas, de certa forma, foi um alívio quando o senhor McKee voltou a partir, porque ele era um presbiteriano tão rigoroso que no domingo ninguém podia rir ou mesmo sorrir. Só podiam ler a Bíblia, o catecismo e conversar sobre temas religiosos com a devida seriedade. Ainda assim, Laura gostava dele, pois era um homem bom que nunca dizia uma palavra atravessada.

Esse foi o padrão das semanas que se sucederam, uma após a outra, todas iguais, até que abril e maio tinham passado.

O tempo havia esquentado, e em suas caminhadas até a cidade elas ouviam as cotovias-do-prado cantando ao lado da estrada, onde as flores se abriam. Em uma tarde quente de domingo a caminhada de volta para a propriedade pareceu mais longa e cansativa que o normal. Enquanto seguiam a passos lentos, a senhora McKee comentou:

– Acho que você preferiria estar andando na carroça do senhor Wilder.

– Provavelmente não farei mais isso – Laura disse. – Haverá alguém em meu lugar quando eu voltar.

Ela pensou em Nellie Oleson. A propriedade da família da garota não ficava muito longe da propriedade de Almanzo.

– Não se preocupe – a senhora McKee disse a ela. – Um solteirão só dá tanta atenção a uma garota quando está determinado. Você ainda vai se casar com ele.

– Ah, não! – Laura disse. – Não vou, não! Não vou sair de casa para me casar com ninguém.

De repente, ela se deu conta de que estava com saudade de casa. Queria estar lá outra vez, tanto que mal conseguia aguentar. Naquela semana toda, Laura lutou contra o desejo e o escondeu da senhora McKee. No sábado, quando chegaram a Manchester, havia uma carta esperando por ela.

Ma havia escrito contando que Mary ia voltar para casa, portanto Laura precisava ver se a senhora McKee não encontraria outra pessoa para lhe fazer companhia. Ma torcia para que fosse possível, porque Laura precisava estar em casa quando Mary estivesse.

Ela tinha medo de falar com a senhora McKee, portanto ficou quieta até a hora do jantar, quando a mulher lhe perguntou o que a incomodava. Então Laura falou sobre o que Ma havia dito.

– Ora, é claro que você deve ir para casa – a senhora McKee disse na mesma hora. – Encontrarei alguém para ficar aqui. – Ela ficou em silêncio por um momento. – Na verdade, não quero que ninguém além de você more conosco. Prefiro que fiquemos sozinhas. Já estamos acostumadas com este lugar e nada nunca acontece. Você vai voltar para casa. Mattie e eu ficaremos bem aqui.

Assim, no domingo seguinte, o senhor McKee carregou a mala de Laura na caminhada até Manchester. Ela se despediu da senhora McKee e de Mattie e entrou no trem com ele para voltar para casa.

Durante todo o caminho, Laura pensou nas duas, vendo-se sozinhas na estação, depois percorrendo os três quilômetros até a cabana solitária onde precisavam ficar, sem fazer nada além de dormir e ouvir o vento por mais cinco meses. Era uma maneira difícil de receber um lote de terra, mas não havia opção, porque era o que a lei exigia.

Mary volta para casa

Laura ficou muito feliz em voltar para casa na propriedade de Pa. Gostava de ordenhar a vaca, de poder beber quanto quisesse de leite, passar manteiga no pão e comer o queijo que Ma fazia. Alface e rabanetes pequenos bem vermelhos podiam ser colhidos na horta. Ela não havia se dado conta de que sentia tanta falta de comer aquelas coisas. A senhora McKee e Mattie não tinham aquilo, claro, enquanto garantiam a posse do terreno.

Agora eles também tinham ovos em casa, porque a criação de Ma estava indo bem. Laura ajudava Carrie a procurar os ninhos que as galinhas escondiam no feno do estábulo e nas gramíneas altas por perto.

Grace encontrou um ninho de gatinhos escondidos na manjedoura. Eram netos do gatinho que Pa comprara por cinquenta centavos. Kitty se sentia responsável, achando que precisava caçar não só para seus filhotes, mas para eles também. Ela trazia mais roedores do que conseguiam comer e todo dia deixava os que sobravam à porta da casa, para Ma.

– Ora, nunca vi uma gata tão generosa – Ma comentou.

Veio o dia em que Mary chegaria. Pa e Ma foram à cidade buscá-la, e até mesmo o trem pareceu especial aquela tarde, quando finalmente chegou, soltando fumaça preta em uma linha baixa que se desfazia no céu. Do terreno elevado atrás do estábulo e da horta, elas viram a fumaça branca que a locomotiva soltava e ouviram o apito. Quando o barulho distante do trem cessou, elas souberam que ele havia parado e Mary devia ter descido.

Como elas ficaram animadas quando, finalmente, a carroça apareceu no charco, com Mary sentada entre Pa e Ma. Laura, Carrie e Mary tentavam falar todas ao mesmo tempo. Grace parecia estar sempre no caminho de alguém, com o cabelo esvoaçando e os olhos azuis arregalados. Kitty saiu pela porta como um raio, com o rabo ereto. Havia se esquecido de Mary e não gostava de estranhos.

– Você não ficou com medo de vir sozinha no trem? – Carrie perguntou.

– Ah, não. – Mary sorriu. – Não houve problema. Gostamos de fazer as coisas sozinhos na faculdade. É parte da nossa educação.

Ela parecia mesmo muito mais segura de si, movendo-se com facilidade pela casa em vez de ficar sentada em sua cadeira. Pa pegou a mala e Mary foi até ela, agachou-se, destrancou-a e abriu como se a enxergasse. Então começou a tirar, um depois do outro, os presentes que havia trazido.

Para Ma, uma toalhinha trançada em cima da qual poderia ser colocada a lamparina, com franja de contas de diversas cores em toda a volta.

– É linda Ma disse, encantada.

O presente de Laura era uma pulseira de contas azuis e brancas, e o de Carrie era um anel de contas cor-de-rosa e brancas.

– Ah, que lindo! Que lindo! – Carrie exclamou. – E serviu, serviu perfeitamente!

Para Grace, uma cadeirinha de boneca, feita de arames com contas vermelhas e verdes. Ela ficou tão emocionada ao pegá-la nas mãos que mal conseguiu agradecer a Mary.

– Este é para Pa – Mary disse, e entregou um lenço de seda azul. – Não fui eu quem fez, mas fui eu que escolhi. Blanche e eu... Blanche é minha colega de quarto. Fomos à cidade procurar alguma coisa para o senhor. Ela enxerga cores fortes, mas o vendedor não sabia. Achamos que seria divertido iludi-lo, então Blanche indicava as cores para mim e ele pensava que descobriríamos pelo toque. Vi com os dedos que a seda era de boa qualidade. Ah, enganamos mesmo o vendedor!

Recordar aquilo fez Mary rir.

Ela costumava sorrir, mas fazia muito tempo que não a ouviam rir como fazia quando era pequena. Todo o custo de mandar Mary para a faculdade estava mais do que pago só de vê-la tão alegre e confiante.

– Aposto que é o lenço mais bonito de Vinton, Iowa! – Pa disse.

– Não sei como você consegue acertar a cor das contas nos seus trabalhos – Laura disse, virando a pulseira que já estava usando. – Cada continha desta pulseira linda é da cor certa. Não dá para fazer isso enganando o vendedor.

– Alguém que não enxerga coloca cores diferentes em caixas diferentes – Mary explicou. – Só temos que nos lembrar de onde elas estão.

– Isso é fácil para você – Laura disse. – Sempre teve boa memória. Nunca fui capaz de decorar tantos versículos da Bíblia quanto você.

– A professora na escola dominical sempre se surpreende com quantos eu sei – disse Mary. – E eles foram de grande ajuda para mim, Ma. Eu conseguia identificá-los tão facilmente com meus dedos na impressão em relevo e no braille que aprendi a ler mais rápido que qualquer outro aluno da turma.

– Fico feliz em saber disso – foi tudo o que Ma falou, com um sorriso trêmulo, mas ela parecia mais feliz do que quando Mary lhe dera seu belo presente.

– Esta é minha lousa braille – Mary disse, tirando-a da mala. Tratava-se de um retângulo fino de aço em uma moldura também de aço. Tinha o tamanho de uma lousa escolar comum e uma faixa de aço estreita atravessando-a. A faixa tinha várias fileiras de quadradinhos abertos e subia e descia, podendo ser colocada em qualquer ponto da lousa. Preso à lousa por um fio havia um lápis, também de aço, que Mary explicou que era um buril.

– Como se usa? – Pa quis saber.

– Vou mostrar – Mary disse.

Ficaram todos vendo enquanto ela punha uma folha grossa de papel creme na lousa, sob a faixa. Ela moveu a faixa para o topo da moldura e a segurou ali. Então, com a ponta do buril, pressionou rapidamente aqui e ali, nos cantos dos quadrados.

– Pronto – Mary disse, tirando o papel e virando-o. Onde ela havia pressionado o buril havia um pequeno calombo, que podia ser sentido facilmente com os dedos. Os calombos formavam padrões diferentes, do tamanho dos quadrados, que eram as letras em braille.

– Comecei a escrever para Blanche dizendo que cheguei bem em casa – disse Mary. – Preciso escrever para a professora também. – Ela virou o papel, voltou a colocá-lo na moldura e colocou a faixa para continuar escrevendo do outro lado. – Depois eu termino.

– É maravilhoso que possa escrever para suas amigas e elas possam ler suas cartas – Ma disse. – Mal posso acreditar que você está recebendo a educação que sempre quisemos que tivesse.

Laura ficou tão feliz que sentiu vontade de chorar.

– Bem... – Pa interrompeu. – Estamos aqui falando enquanto Mary deve estar com fome, e já é hora das tarefas. Vamos terminar o trabalho, depois teremos mais tempo para conversar.

– Tem razão, Charles – Ma concordou na mesma hora. – O jantar estará pronto quando voltar.

Enquanto Pa saiu para cuidar dos cavalos, Laura se apressou para ordenhar a vaca e Carrie foi acender o fogão para assar os biscoitos que Ma estava preparando.

O jantar estava pronto quando Pa retornou do estábulo e Laura terminou de coar o leite.

Eram uma família feliz, todos juntos outra vez, enquanto comiam as batatas coradas, os ovos pochés e os biscoitos com a manteiga que Ma fazia. Pa e Ma beberam chá, mas Mary tomou leite com as outras meninas.

– Que gostoso – ela disse. – Não temos leite bom assim na escola.

Havia tanto a perguntar e a contar que quase nenhum assunto se encerrava, mas amanhã teriam outro longo dia com Mary. Quando Laura e Mary foram dormir na cama em que Laura havia tanto tempo dormia sozinha, foi como nos velhos tempos.

– O tempo está bom, então não precisa se preocupar que eu encoste meus pés gelados em você, como costumava fazer – Mary disse.

– Estou tão feliz que esteja aqui que nem reclamaria – Laura falou. – Seria um prazer.

Dias de verão

Era tão bom ter Mary em casa que os dias de verão não pareciam extensos o bastante. Ouvir as histórias sobre a vida de Mary na faculdade, ler em voz alta para ela, deixar suas roupas em ordem e voltar a sair para longas caminhadas no fim da tarde faziam o tempo passar depressa demais.

Em uma manhã de sábado, Laura foi à cidade para trocar o colarinho e os punhos do vestido de seda de Mary do inverno passado. Ela encontrou o que queria na nova loja de vestidos e chapelaria. Enquanto fazia o pacote, a senhorita Bell disse a Laura:

Ouvi dizer que você é uma boa costureira. Gostaria que viesse trabalhar comigo. Posso pagar cinquenta centavos por dia, das sete da manhã até às cinco, se você trouxer sua comida.

Laura olhou em volta, para a loja nova e agradável, com belos chapéus nas duas vitrines, rolos de fitas em um mostruário de vidro e sedas e veludos nas prateleiras mais atrás. Havia também uma máquina de costura, com um vestido por terminar nela, e outro em uma cadeira próxima.

– Pode ver que tenho mais trabalho do que posso dar conta – a senhorita Bell comentou, em sua voz suave. Ela era uma mulher jovem e alta, com cabelo e olhos escuros. Laura a considerava muito bonita.

Ela decidiu que seria agradável trabalhar com a senhorita Bell.

– Virei, se Ma deixar – Laura prometeu.

– Venha na segunda-feira de manhã, se puder – disse a mulher.

Laura saiu da loja e subiu a rua para colocar uma carta de Mary no correio. Lá, encontrou Mary Power, que estava indo ao depósito de madeira. As duas amigas não se viam desde o passeio de coche no começo da primavera. Tinham tanto sobre o que conversar que Mary implorou a Laura que fosse com ela.

– Está bem – Laura concordou. – Quero perguntar ao senhor McKee como a senhora McKee e Mattie estão.

Elas caminharam devagar, conversando enquanto subiam a rua e cruzavam os trilhos do trem e a rua de terra até a esquina do depósito. Lá, elas pararam e continuaram conversando.

Uma junta de bois se aproximava lentamente da cidade, puxando uma carroça carregada de madeira pela estrada de terra ao norte. Um homem caminhava ao lado dela, e Laura ficou olhando, distraída, enquanto ele brandia um chicote comprido. Quando chegaram perto da esquina, os bois começaram a avançar mais depressa.

Laura e Mary deram um passo atrás.

– Alto! Opa! – o homem ordenou.

Mas os bois não viraram à esquerda, e sim à direita, dobrando a esquina.

– Está bem, então! Vão aonde quiserem! – o homem disse a eles, impaciente, mas brincando.

Então ele olhou para as meninas, que exclamaram juntas:

– Almanzo Wilder!

Ele levantou o chapéu com um floreio animado e seguiu adiante acompanhando os bois.

– Não o reconheci sem os cavalos! – Laura disse, rindo.

– E o modo como estava vestido – Mary comentou, fazendo pouco dele. – Com roupas tão simples e sapatos feios e pesados.

– Deve estar arando a terra, por isso os bois. Não forçaria Prince e Lady de tal maneira – Laura explicou, mais para si mesma do que para Mary Power.

– Estão todos trabalhando – Mary observou. – Ninguém tem tempo de se divertir no verão. Mas Nellie Oleson ainda vai conseguir andar naqueles cavalos, se há uma maneira. Você sabe que propriedade dos Oleson fica só um pouco a leste das propriedades dos Wilder.

– Você a tem visto ultimamente? – Laura perguntou.

– Nunca vejo ninguém – Mary respondeu. – Todas as meninas estão nas propriedades dos pais, e Cap trabalha todos os dias. Ben Woodworth está trabalhando na estação, e ninguém sabe nada de Frank Hawthorn. Ele fica o tempo todo na loja desde que se tornou sócio do pai. Minnie e Arthur estão na propriedade dos pais, e não vejo você desde o começo de abril.

– Não importa, teremos o próximo inverno todo para nos vermos. Além do mais, virei à cidade trabalhar, se Ma deixar.

Então Laura contou a Mary que pretendia costurar para a senhorita Bell.

De repente, ela notou que o sol estava quase a pino. Passou rapidamente no escritório do depósito, para falar com o senhor McKee. Ele disse que a senhora McKee e Mattie estavam se virando bem, embora sentissem falta de Laura. Então ela se despediu de Mary e correu para casa. Havia passado tempo demais na cidade. Embora caminhasse tão rápido que quase corresse, o almoço já estava pronto quando chegou a casa.

– Desculpe por ter ficado tanto tempo fora, mas muitas coisas aconteceram – ela falou.

– É mesmo? – Ma disse.

– O que aconteceu? – Carrie perguntou.

Laura contou sobre ter encontrado Mary Power e visto o senhor McKee.

– Eu me demorei muito em minha conversa com Mary Power – ela revelou. – O tempo passou tão rápido que quando vi estava atrasada. – Então Laura contou o resto: – A senhorita Bell quer que eu trabalhe com ela na loja. Posso, Ma?

– Ora, Laura, não sei dizer – Ma exclamou. – Acabou de voltar para casa.

– Ela vai me pagar cinquenta centavos por dia, para trabalhar das sete às cinco, e eu levo o almoço – Laura disse.

– É justo – Pa comentou. – Você levaria seu próprio almoço, mas sairia uma hora mais cedo.

– Mas você voltou para casa para ficar com Mary – Ma lembrou.

– Eu sei, mas vou vê-la toda noite e toda manhã, e o dia inteiro aos domingos – Laura argumentou. – Não sei por que, mas sinto que deveria estar trabalhando fora.

– É assim mesmo depois que você começa a ganhar seu próprio dinheiro – Pa disse.

– Seriam três dólares por semana – Laura prosseguiu. – E eu veria Mary. Teríamos bastante tempo para fazer coisas juntas, não é, Mary?

– Sim, e posso cuidar do trabalho da casa enquanto você fica fora – Mary ofereceu. – Faremos nossas caminhadas aos domingos.

– Isso me lembra de que a nova igreja foi concluída – contou Pa. – Temos que ir todos no domingo de manhã.

– Ficarei muito feliz em ver a nova igreja! – Mary disse. – Mal consigo acreditar que construíram outra!

– Pois construíram, sim – Pa garantiu a ela. – E nós a veremos pessoalmente amanhã.

– E no dia seguinte? – Laura perguntou.

– Sim, você pode trabalhar para a senhorita Bell – Ma disse. – Ou pelo menos pode experimentar fazê-lo por algum tempo.

No domingo de manhã, Pa atrelou os cavalos à carroça e foram todos juntos para a nova igreja. Era bem grande, com bancos compridos e confortáveis. Mary gostou muito dela, porque a capela da sua faculdade era pequena, mas quase não conhecia mais ninguém ali. No caminho de casa, ela notou:

– Havia tantos desconhecidos.

– Eles vêm e vão – Pa disse a ela. – Assim que sou apresentado a um recém-chegado, ele vende sua propriedade e vai para o Oeste, ou então sua família não gosta daqui e ele vende tudo e volta para o Leste. Os poucos que ficam estão sempre tão ocupados que não têm tempo de conhecer os outros.

– Não importa – Mary disse. – Logo voltarei para a faculdade, onde conheço todo mundo.

Depois do almoço de domingo, quando o trabalho da casa estava concluído, Carrie se sentou para ler o *Companheiros da juventude,* Grace foi brincar com os gatinhos perto da porta, Ma se sentou em sua cadeira de balanço, perto da janela aberta, e Pa se deitou para tirar uma soneca. Então, Laura disse:

– Vamos, Mary, vamos fazer nossa caminhada.

Elas seguiram na direção sul. Havia rosas por todo o caminho, que Laura foi colhendo até que Mary não conseguisse carregar mais.

– Ah, que aroma mais doce! – Mary sempre dizia. – Senti falta das violetas, mas não há aroma mais doce do que o das rosas da pradaria. É tão bom estar em casa outra vez, Laura. Mesmo que eu não possa ficar muito.

– Temos até a meados de agosto – Laura disse. – Mas as rosas não vão durar até lá.

– "Colha suas rosas enquanto puder…" – Mary começou a citar, e foi até o fim. Então, enquanto caminhavam juntas, em meio ao vento quente e ao aroma das rosas, ela falou sobre seus estudos de literatura. – Quero escrever um livro um dia – Mary revelou, depois deu risada. – Mas eu planejava ser professora, e você está fazendo isso por mim, então talvez possa escrever o livro também.

– Eu, escrever um livro? – Laura escarneceu. Então, arrematou, alegremente: – Vou ser uma velha professora solteirona, como a senhorita Wilder. Escreva seu próprio livro! Sobre o que pretende escrever?

Mas Mary deixou o assunto do livro de lado para perguntar.

– Onde está o jovem Wilder, sobre quem Ma me escreveu? Achei que ele fosse aparecer em algum momento.

– Ele deve estar ocupado em sua propriedade. Todos estão ocupados – Laura respondeu, sem mencionar que o havia visto na cidade. Por algum motivo que não conseguia explicar, ficou com vergonha de falar a respeito. Ela e Mary fizeram a volta e retornaram para casa sem falar muito, levando consigo a fragrância das rosas que carregavam.

Aquele verão passou rápido. Todo dia de semana, Laura ia até a cidade logo cedo, levando seu almoço. Às vezes, Pa ia com ela, porque estava trabalhando como carpinteiro nas construções dos recém-chegados. Laura ouvia os martelos e as serras o dia todo enquanto costurava, parando apenas para comer um almoço frio ao meio-dia. Então, com frequência, ela caminhava de volta para casa acompanhada de Pa. Às vezes, sentia uma dor entre os ombros, de tanto se debruçar sobre a costura, mas que sempre desaparecia durante a caminhada. A isso seguia-se uma noite feliz em casa.

No jantar, ela contava tudo o que tinha visto e ouvido na loja da senhorita Bell. Pa contava as notícias e todos conversavam sobre a propriedade e a casa: como as plantações estava crescendo, como Ma estava avançando na costura para Mary, quantos ovos Grace havia encontrado e que a galinha pintada havia acabado de chocar vinte pintinhos.

À mesa do jantar, Ma lembrou a todos que o dia seguinte era Quatro de Julho.

– O que vamos fazer a respeito?

– Não acho que possamos fazer nada, Caroline. Não vejo como impedir que amanhã seja Quatro de Julho – Pa a provocou.

– Eu sei, Charles – Ma o repreendeu, sorrindo. – Mas vamos participar das comemorações?

Fez-se silêncio à mesa.

– Não consigo ouvir com todos falando ao mesmo tempo – Ma provocou também. – Se vamos, precisamos decidir hoje à noite. Estou gostando tanto de ter Mary aqui que me esqueci do Quatro de Julho e não preparei nada para comemorar.

– Minhas férias são uma grande comemoração, e isso basta para mim – Mary disse, em tom baixo.

– Vou à cidade todos os dias. Seria ótimo não precisar ir um dia – Laura disse. Depois, acrescentou: – Mas para Carrie e Grace não é assim.

Pa deixou o garfo e a faca de lado.

– Muito bem. Caroline, você e as meninas podem fazer um belo almoço, e eu vou à cidade pela manhã comprar doces e fogos de artifício. Faremos nossa própria comemoração do Quatro de Julho, bem aqui. O que acham?

– Compre bastante doce, Pa! – Grace implorou.

– E muitos fogos de artifício! – Carrie pediu.

Todos se divertiram tanto no dia seguinte que concordaram que era muito mais divertido do que ir à cidade. Uma ou duas vezes, Laura se perguntou se Almanzo Wilder estaria lá, com seus cavalos marrons, e Nellie Oleson lhe passou pela cabeça. Mas, se Almanzo quisesse vê-la, sabia onde estava. Não cabia a Laura fazer algo a respeito, e ela não pretendia fazer mesmo.

O verão passou rápido demais. Na última semana de agosto, Mary voltou para a faculdade, deixando a casa vazia. Pa cortou a aveia e o trigo com sua antiga foice, porque a plantação era tão pequena que não valia a pena pagar por uma ceifadeira. Quando o milho ficou maduro, ele o cortou e deixou que secasse. Pa ficou magro e cansado por causa de todo o trabalho duro, na cidade e no campo. Também andava inquieto porque agora havia gente demais naquela região.

– Eu gostaria de ir para o Oeste – ele disse a Ma um dia. – Aqui não há mais espaço para respirar.

– Ah, Charles! Não há espaço para respirar, com essa pradaria enorme à sua volta? – Ma disse. – Estou cansada de ser arrastada de um lugar a outro. Achei que estávamos bem aqui.

– Acho que estamos, Caroline. Não tema. É só que começo a me coçar para sair do lugar. De qualquer maneira, ainda não ganhei minha aposta com o tio Sam, e vamos ficar aqui até que isso aconteça! Até que esta propriedade seja minha em definitivo.

Laura sabia como Pa se sentia, porque viu a expressão em seus olhos azuis enquanto ele encarava a pradaria a oeste de seu lugar na porta aberta. Pa precisava ficar ali pelo bem de todos, assim como ela precisava lecionar, embora odiasse ficar fechada em uma sala de aula.

Domando os potros

Os dias de outubro haviam chegado, e os gansos voavam para o sul, enquanto Pa carregava os móveis na carroça outra vez para que se mudassem para a cidade. Outras pessoas chegavam da zona rural, e as carteiras na escola estavam se enchendo.

A maior parte dos meninos maiores não estudaria mais. Alguns haviam se mudado para a propriedade da família em definitivo. Ben Woodworth trabalhava na estação, Frank Hawthorn estava ocupado com a loja e Cap Garland trabalhava com sua parelha, transportando feno, carvão ou qualquer coisa que pagassem para levar para a cidade ou para a zona rural. Ainda assim, não havia carteiras o suficiente na escola, porque a região estava cheia de recém-chegados, cujos filhos estudavam. Os alunos mais novos se apertavam, três em cada carteira, e agora era certo que uma escola maior precisava ser construída antes do inverno.

Um dia, quando Laura e Carrie chegaram da escola, encontraram Ma acompanhada de um casal na sala da frente. Não conheciam o homem, mas Laura sentiu que deveria saber quem era a jovem que a olhava com seriedade. Ma estava sorrindo. Não disse nada por um momento, enquanto Laura e a mulher se encaravam.

Então a mulher sorriu, e Laura a conhecia: era sua prima Alice! Alice, que, com Ella e Peter, ia passar os Natais na casa de toras na Grande Floresta. Alice e Mary eram as mais velhas, enquanto Ella e Laura brincavam juntas. Agora, enquanto cumprimentava a prima com um beijo, Laura perguntou:

– Ella veio também?

– Não, ela e o marido não puderam vir – Alice explicou. – Mas este é um primo que você ainda não conhece: meu marido, Arthur Whiting.

Arthur era alto e tinha cabelo e olhos escuros. Ele era agradável, e Laura gostou dele, embora só conseguisse vê-lo como um desconhecido, mesmo depois de terem passado uma semana lá.

À noite, eles estouravam pipoca e faziam caramelo, ouviam Pa tocar a rabeca e conversavam sem parar sobre os velhos tempos e os planos para o futuro.

O irmão de Arthur, Lee, tinha se casado com Ella, e os dois haviam assumido propriedades adjacentes a pouco mais de sessenta quilômetros de distância. Na primavera, Peter viria também.

– Faz tanto tempo desde que nos reunimos na Grande Floresta, mas agora estamos reunidos aqui na pradaria – Alice comentou certa noite.

– Que pena que sua mãe e seu pai não vêm – Ma disse, saudosa.

– Acho que eles vão ficar no leste de Minnesota – Alice comentou. – Nunca seguiram adiante, e parecem satisfeitos.

– É estranho – Pa atalhou. – As pessoas estão sempre indo para o Oeste. Aqui é como a crista da onda, quando o rio está subindo. Elas vêm e vão, mas o tempo todo a maior parte continua se deslocando para o Oeste.

Alice e Arthur só ficaram uma semana com eles. No sábado cedo, arrumaram suas coisas, e, bem embrulhados, colocaram ferros quentes nos pés e batatas quentes nos bolsos e partiram para sua viagem de trenó de mais de sessenta quilômetros para casa.

– Mande meus cumprimentos a Ella – Laura disse, e beijou Alice de novo em despedida.

O tempo estava maravilhoso para andar de trenó, aberto, com a temperatura abaixo de zero, neve alta e nenhum sinal de nevasca. Naquele inverno, no entanto, ninguém ficava passeando na cidade. Talvez os garotos já forçassem demais os cavalos durante a semana. De tempos em tempos Laura via Almanzo e Cap à distância. Eles estavam amansando um par de potros e pareciam estar sempre ocupados.

No domingo à tarde, Laura os viu passar várias vezes. Às vezes Almanzo ia no trenó, às vezes Cap, agarrando-se com todas as forças às rédeas, enquanto os potros selvagens tentavam fugir. Pa levantou os olhos do jornal uma vez e disse:

– Um desses dois rapazes vai acabar quebrando o pescoço. Nenhum homem na cidade seria capaz de domar esses potros.

Laura, que estava escrevendo uma carta para Mary, fez uma pausa e pensou na sorte que haviam tido durante o longo inverno, por Almanzo e Cap terem se arriscado quando ninguém mais se arriscaria a ir buscar trigo para as pessoas que passavam fome.

Ela terminou a carta e a dobrou, então ouviu uma batida à porta. Laura a abriu e deparou com Cap Garland. Com aquele seu sorriso que iluminava todo o rosto, ele perguntou:

– Quer dar uma volta de trenó com os potros?

Laura sentiu um aperto no coração. Gostava de Cap, mas não queria que ele a convidasse para andar de trenó. No mesmo instante, pensou em Mary Power e Almanzo, e não soube o que dizer.

Cap prosseguiu:

– Wilder pediu que eu chamasse você, porque os potros não ficam parados. Ele vai passar aqui a qualquer minuto para pegá-la, se quiser.

– Sim, eu quero! – Laura exclamou. – Estarei pronta. Gostaria de entrar?

– Não, obrigado. Vou dizer a ele.

Laura se apressou, mas os potros já arrastavam as patas no chão e empinavam impacientes quando ela saiu. Almanzo os segurava com ambas as mãos.

– Desculpe não poder ajudá-la – ele disse enquanto Laura entrava no trenó. Assim que ela se sentou, os potros partiram.

Não havia mais ninguém passeando, portanto a rua estava livre enquanto os potros lutavam para se livrar do controle de Almanzo. Quando já estavam na estrada ao sul da cidade, os animais começaram a correr.

Laura ficou sentada em silêncio, observando as patas voando e as orelhas relaxadas. Era divertido. Aquilo a lembrava de uma época muito distante, quando ela e sua prima Lena deixaram que seus pôneis pretos corressem pela pradaria. O vento soprava forte e frio em seu rosto, e neve respingava em suas roupas. Então os potros sacudiram a cabeça, levantaram as orelhas e deixaram que Almanzo os conduzisse de volta para a cidade, alegres.

Ele lhe lançou um olhar curioso.

– Sabia que nenhum outro homem na cidade além de Cap Garland tem coragem de andar com esses potros?

– Foi o que Pa disse – Laura respondeu.

– Então por que veio? – Almanzo perguntou.

– Ora, achei que fosse capaz de controlá-los – Laura respondeu, surpresa. – Mas por que não anda com Prince e Lady?

– Tenho intenção de vender esses potros, mas primeiro preciso domá-los – ele explicou.

Laura não disse mais nada, porque os potros tinham voltado a correr. Seguiam para casa e queriam chegar depressa. Era preciso toda a atenção e toda a força de Almanzo para mantê-los em um trote rápido. Quando a rua principal surgiu à vista, ainda um borrão, Almanzo acalmou os potros e os virou outra vez. Laura deu risada.

– Se é isso que envolve domar os potros, fico feliz em ajudar!

Eles não conversaram muito mais antes que uma hora se passasse e o sol de inverno começasse a se pôr. Então Almanzo parou os potros e Laura desceu rapidamente do trenó, na porta de casa.

– Venho buscar você no domingo – ele disse.

Os potros pularam e saíram correndo antes que Laura pudesse responder.

– Não gosto que você ande atrás daqueles cavalos – Ma disse quando Laura entrou.

Pa tirou os olhos do jornal e disse:

– Não parece que Wilder esteja tentando matá-la. E, a julgar pelo brilho nos seus olhos, você gostou.

Almanzo passou a vir nas tardes de sábado para levar Laura para andar de trenó. Antes, ele e Cap passavam mais de metade da tarde circulando com os potros, para acalmá-los. Nada que Laura pudesse dizer persuadiria Almanzo a deixar que ela andasse de trenó antes que os animais se cansassem.

Uma árvore de Natal foi montada na igreja nova naquele ano. Laura e Carrie se lembravam da árvore de Natal em Minnesota, muitos anos antes, mas Grace nunca havia visto uma. Laura achava que a melhor parte daquele Natal era ver a expressão realizada de Grace enquanto via a árvore iluminada por velas, os saquinhos coloridos de doces e os presentes pendurados nos galhos.

Enquanto esperava que a boneca de Grace fosse trazida, Laura recebeu um pacote que a surpreendeu tanto que ela teve certeza de que se tratava de um equívoco. Era um estojo de couro preto forrado com seda azul. Em contraste com aquele tom encantador, brilhavam uma escova de cabelo e um pente brancos com cabo de marfim. Laura voltou a olhar para o papel de embrulho. Era mesmo seu nome escrito ali, em uma letra que ela não reconhecia.

– Quem poderia ter-me dado esse presente, Ma? – Laura perguntou.

Pa se inclinou para admirá-lo também, e seus olhos brilharam.

– Não tenho certeza absoluta, Laura, mas posso lhe dizer uma coisa: vi Almanzo Wilder comprando esse estojo na farmácia.

Ele sorriu diante da perplexidade de Laura.

A escola nova

Era uma quinta-feira de março, e o vento soprava forte enquanto Laura voltava da escola. Ela estava sem fôlego, não apenas por seguir contra o vento, mas pelas notícias que trazia. Antes que pudesse contar, Pa falou:

– Consegue preparar tudo para voltar à propriedade nesta semana, Caroline?

– Nesta semana? – Ma repetiu, surpresa.

O distrito escolar vai abrir uma escola no terreno de Perry, que fica ao sul do nosso – Pa disse. – Os vizinhos vão ajudar a construir, mas querem me contratar para chefiar o trabalho. Vamos precisar nos mudar antes que eu comece, e se formos nesta semana seria possível concluir a escola antes de abril.

– Podemos ir quando quiser, Charles – Ma disse.

– Depois de amanhã, então – Pa decidiu. – E tem mais. Perry disse que o conselho gostaria que Laura fosse a professora. O que acha, Laura? Você precisaria de um novo certificado.

– Ah, eu adoraria trabalhar em uma escola tão perto de casa – Laura disse. Então contou sua própria novidade: – As provas para ser professora serão amanhã. O senhor Owen avisou hoje. Vão ser realizadas na escola mesmo, portanto não haverá aula. Espero conseguir um certificado intermediário.

– Tenho certeza de que vai conseguir – Carrie disse, para encorajá-la.
– Você sempre sabe a lição.

Laura não estava tão segura.

– Não terei tempo de revisar e estudar. Se for passar, terá que ser com o que sei agora.

– É melhor assim, Laura – Ma disse a ela. – Se tentasse estudar com pressa, acabaria ficando confusa. Se conseguir um certificado intermediário, ficaremos felizes; se conseguir um certificado simples, também.

– Farei o meu melhor – Laura disse, e era tudo o que podia prometer. Na manhã seguinte, ela caminhou sozinha, nervosa, até a escola, para fazer as provas para professora. A sala parecia estranha, com um punhado de desconhecidos sentados aqui e ali, entre carteiras vazias, e o senhor Williams à mesa em vez do senhor Owen.

A lista de perguntas já estava escrita na lousa. Fez-se silêncio durante toda a manhã, a não ser pelo barulho das canetas e do papel. O senhor Williams recolhia as provas ao fim de cada hora, quer os candidatos tivessem terminado ou não, e as corrigia em sua mesa.

Laura terminou todas as provas a tempo. O senhor Williams lhe entregou seu certificado naquela tarde mesmo, com um sorriso no rosto que fez com que ela soubesse que havia conseguido um certificado intermediário antes mesmo de conseguir ler as palavras.

Embora fosse para casa andando, por dentro Laura dançava, corria, ria e gritava de alegria. Em silêncio, ela entregou o certificado a Ma e viu um sorriso iluminar todo o rosto da mãe.

– Não falei? Eu disse que você ia conseguir – Carrie se gabou.

– Eu tinha certeza de que passaria, uma vez que não se incomodou nem mesmo em seu primeiro exame público, na frente de desconhecidos – Ma a elogiou.

– E eu tenho mais boas notícias. – Pa sorriu. – Esperei para contar depois das provas, como recompensa. Perry disse que o conselho escolar vai lhe pagar vinte e cinco dólares por mês por três meses de aula: abril, maio e junho.

Laura nem sabia o que dizer.

– Ah! – ela exclamou. – Eu não esperava... Ora! Ora, Pa... É um pouco mais de um dólar por dia.

Grace arregalou seus olhos azuis. De maneira solene, ela disse:

– Laura vai ficar rica.

Todos irromperam em risos tão alegres que Grace teve que se juntar a eles, embora não entendesse o motivo. Quando se acalmaram, Pa disse:

– Agora vamos voltar para a propriedade para construir a escola.

Durante as últimas semanas de março, Laura e Carrie tiveram de fazer o longo trajeto da propriedade até a escola. O clima continuava primaveril, apesar do vento, e todo fim de tarde, quando voltavam para casa, elas viam que o trabalho havia avançado um pouco mais na pequena construção erguida na pradaria um pouco para o sul.

Nos últimos dias de março, os filhos de Perry pintaram as paredes de branco. Nunca houvera uma escolinha tão bonita.

Ela se erguia branca como a neve em meio ao verde, e suas janelas brilhavam ao sol da manhã enquanto Laura caminhava em sua direção pela grama nova e baixa.

O pequeno Clyde Perry, de sete anos, estava brincando à entrada, onde deixara cuidadosamente seu livro. Ele entregou a chave da porta na mão de Laura e disse, solene:

– Meu pai lhe mandou isso.

Por dentro, a escola também era clara e resplandecente. As paredes de madeira nova exalavam um aroma fresco e limpo. A luz do sol entrava pelas janelas na parede leste. Em toda a extensão da parede do fundo, havia uma lousa nova. Diante dela ficava a mesa da professora, uma mesa comprada e envernizada. Ela brilhava com sua cor de mel à luz do sol, e sobre o tampo se encontrava um enorme dicionário Webster's.

Diante da mesa, havia três fileiras de carteiras novas, também compradas prontas, que tinham a mesma cor de mel da mesa da professora. As fileiras das pontas ficavam encostadas nas paredes, e entre elas ficavam a terceira fileira e dois corredores. Havia quatro lugares em cada fileira.

Laura ficou parada à porta por um momento, olhando para a sala fresca e iluminada. Então, dirigiu-se à sua mesa, deixou o balde com o almoço debaixo dela e pendurou sua touca em um prego na parede.

Um relógio pequeno tiquetaqueava ao lado do dicionário, e os ponteiros mostravam que eram nove horas. Alguém devia ter dado corda na noite anterior, Laura pensou. Nada poderia ser mais completo e perfeito que aquela linda escola.

Ela ouviu vozes de crianças à porta e foi chamar os alunos.

Além de Clyde, havia outros dois, um menino e uma menina cujo sobrenome era Johnson. Ambos estavam no segundo livro de leitura. Aquela era toda a escola. Durante todo o período letivo, nenhuma outra criança apareceu.

Laura sentiu que, ensinando apenas àquelas três crianças, não faria jus aos vinte e cinco dólares mensais que recebia. Mas, quando comentou aquilo em casa, Pa respondeu que aqueles três tinham tanto direito a uma educação quanto se fossem doze, e que ela mesma tinha o direito de receber pelo tempo que passava ensinando a elas.

– Mas vinte e cinco dólares ao mês, Pa? – Laura protestou.

– Não se preocupe. Eles estão felizes em contratá-la por esse valor. Escolas maiores pagam trinta dólares.

Devia ser verdade, se Pa estava dizendo. Laura fez questão de oferecer a cada aluno o máximo possível. Eram todos rápidos para aprender. Além de ler e soletrar, ela os ensinou a escrever palavras e números, a somar e subtrair, e ficou orgulhosa de seu progresso.

Laura nunca fora tão feliz quanto naquela primavera. Nas manhãs frescas e doces, andava até a escola, passando pela depressão cheia de violetas azuis perfumando o ar. Os alunos também estavam felizes. Todos se mostravam muito bonzinhos e dispostos, e aprendiam rápido. Eram tão cuidadosos quanto ela, sem querer estragar ou macular o frescor da escola nova.

Laura levava seus próprios livros para a escola, e enquanto os alunos estudavam à mesa entre as recitações ela estudava também, com a ajuda do dicionário. No recreio e na longa hora de almoço, Laura fazia crochê enquanto as crianças brincavam. Ela se mantinha sempre atenta à sombra das nuvens perseguindo umas às outras do lado de fora das janelas, onde as cotovias-do-prado cantavam e pequenos roedores corriam depressa de um lado a outro.

Após cada dia feliz, havia a caminhada para casa, passando a pequena depressão onde as violetas cresciam e espalhavam sua fragrância.

Às vezes, aos sábados, Laura atravessava a pradaria a oeste para ir à propriedade do reverendo Brown. Era uma caminhada de pouco mais de dois quilômetros, e depois ela e Ida seguiam até o ponto mais alto do terreno atrás da casa. De lá, podiam ver as colinas Wessington, a cem quilômetros de distância, parecendo uma nuvem azul no horizonte.

– É tão lindo que tenho vontade de ir até lá – Laura disse uma vez.

– Ah, não sei – Ida disse. – Quando chegasse lá, seriam apenas colinas cobertas de grama, como esta.

Ela chutou um tufo de grama na qual o verde da primavera se revelava em meio às folhas mortas do ano anterior.

De certa maneira, era verdade; de certa maneira, não. Laura não conseguia explicar, mas para ela as colinas Wessington eram mais do que simples colinas gramadas. Sua silhueta tinha a atração dos lugares distantes. Era a essência de um sonho.

Enquanto caminhava até a casa no fim da tarde, Laura ainda pensava nas colinas Wessington e em sua sombra misteriosa e vaga, que fazia contraste com o céu azul lá longe, através de quilômetros e quilômetros de pradaria verde. Ela queria percorrer aquela extensão e ver o que havia mais além.

Era assim que Pa se sentia em relação ao Oeste, Laura sabia. Também sabia que, como ele, ela devia se contentar em ficar onde estava, ajudando com o trabalho em casa e lecionando.

Naquela noite, Pa perguntou a Laura o que ela pretendia fazer com o dinheiro da escola, quando o recebesse.

– Ora, vou entregar a você e Ma.

– Vou lhe dizer o que tenho pensado – Pa falou. – Deveríamos ter um órgão para quando Mary vier, assim ela pode continuar estudando música fora da faculdade. E seria bom para vocês também. Tem uma família na cidade vendendo tudo para voltar ao Leste, inclusive um órgão. Posso comprar por cem dólares. É um bom órgão, já dei uma olhada. Se quiser empregar o dinheiro da escola nisso, posso pagar os vinte e cinco dólares que faltam. Também posso construir outro cômodo para termos onde colocá-lo.

– Ficarei feliz em ajudar a comprar o órgão – Laura disse. – Mas só vou receber os setenta e cinco dólares depois que o período letivo terminar.

– Laura, você deveria pensar em roupas novas – Ma disse. – Seus vestidos estão bons para a escola, mas você vai precisar de um novo para sair no verão. O de cambraia do ano retrasado já está velho demais.

– Eu sei, Ma, mas pense só se tivermos um órgão – Laura disse. – E acho que posso trabalhar para a senhorita Bell outra vez para conseguir dinheiro para roupas. O problema é que ainda não tenho o dinheiro da escola.

– Você sabe que vai recebê-lo – Pa disse. – Tem certeza de que quer comprar um órgão com ele?

– Ah, sim! – Laura disse. – Não há nada de que eu gostaria mais do que ter um órgão que Mary possa tocar quando voltar para casa.

– Então está resolvido! – Pa disse, animado. – Eu pago os vinte e cinco dólares agora, e a família aceitará minha palavra de que você terminará de pagar quando receber. Ah, isso merece uma comemoração. Traga minha rabeca, canequinha. Vamos ter um pouco de música, mesmo sem o órgão.

Com todos reunidos em meio ao crepúsculo primaveril, Pa tocou e cantou alegremente:

Um brinde à donzela de dezesseis,
Um brinde à mulher de cinquenta,
Um brinde à rainha que não tem vez,
E à esposa que não se aguenta!

Um brinde à covinha que tanto seduz,
Um brinde àquela de rosto incomum,
Um brinde à menina de olhos azuis
E um brinde à ninfa com apenas um!

O humor dele mudou, e o da rabeca também. Cantaram juntos:

Fui para o sul ver minha Sally
Cantarolando do dia à noite!
Ela era impetuosa, minha Sally
Cantarolando do dia à noite!
Adeus, adeus, adeus, minha fada,
Vou para Lousiana ver minha amada
Cantarolar do dia à noite!

O crepúsculo se intensificava. A terra parecia achatada pela escuridão e as estrelas pairavam baixas no céu aberto, enquanto a rabeca cantava sozinha uma música errante.

Até que Pa disse:

– Esta é para vocês, meninas.

E começou a cantar suavemente com a rabeca:

Os anos dourados estão indo,
Os anos felizes e dourados,
Levados por um rodamoinho.
Esses anos felizes e dourados,
Traga-os de volta ao passar,
Ah, como como é doce lembrar,
Quando partem só podem melhorar
Esses anos felizes e dourados.

Laura sentiu um aperto no coração enquanto a música flutuava no ar e desaparecia sob as estrelas na noite de primavera.

A popelina marrom

Agora que Ma havia mencionado suas roupas, Laura via que precisava fazer alguma coisa a respeito. No sábado de manhã, ela foi até a cidade ver a senhorita Bell.

– Ficarei feliz em ter a tua ajuda – a mulher disse. – Tenho me matado para dar conta de todo o trabalho, de tanta gente que há na cidade agora. Mas pensei que você estava lecionando na escola.

– Tenho os sábados. E a partir de julho posso trabalhar a semana toda, se for preciso.

Assim, ela começou a passar o sábado todo costurando para a senhorita Bell. Antes que o período letivo terminasse, Laura conseguiu comprar dez metros de uma bela popelina marrom que a senhorita Bell havia encomendado de Chicago. Todo fim de tarde, quando chegava em casa, ela via os avanços que Ma havia feito em seu vestido e Pa havia feito no cômodo que abrigaria o órgão.

Ele o estava construindo na face leste da casa, com uma porta ao norte com vista para a cidade e janelas nas paredes leste e sul. Sob a janela ao sul, Pa fez um banco baixo, largo o bastante para poder ser usado como cama extra para uma pessoa.

Certa tarde, quando Laura chegou, o cômodo estava terminado. Pa havia trazido o órgão e encostado na parede norte, perto da porta. Era um belo órgão, de nogueira polida, com a parte de trás alta e um dossel trabalhado de madeira brilhante que quase tocava o teto. Contava com três espelhinhos pequenos de vidro grosso e um suporte para lamparinas de cada lado da prateleirinha para a partitura, que era forrada de tecido vermelho. Ela tinha dobradiças, e quando era recolhida aparecia um espaço para guardar partituras. Abaixo, a tampa comprida e lisa podia ficar aberta ou fechada, cobrindo a fileira de teclas pretas e brancas. Acima das teclas havia uma fileira de registros, com efeitos *tremolo, forte* e outros, que mudavam o tom do órgão. Sob as teclas havia duas alavancas, que ficavam recolhidas ou abertas para que os joelhos da pessoa tocando pudessem acioná-las, deixando a música mais alta. Acima do chão havia dos pedais inclinados, cobertos com carpete, que os pés de quem tocava precisavam pressionar.

Um lindo banco de nogueira acompanhava aquele belo órgão. Tinha assento redondo e quatro pernas curvadas. Grace ficou tão animada com o banquinho que Laura mal conseguia se concentrar no órgão.

– Veja, Laura, veja – a menina dizia, e se sentava no banquinho e girava. O assento era ajustável e subia ou descia enquanto Grace girava.

– Isso não é mais uma cabana provisória – comentou Ma. – É uma casa de verdade, com quatro cômodos.

Ela havia pendurado cortinas de musselina branca nas janelas, com detalhes em renda branca na barra. A estante de canto preta estava perto da janela da parede sul. A prateleirinha trabalhada com a pastora de porcelana havia sido instalada na parede leste. As duas cadeiras de balanço se encontravam perto da janela leste e havia almofadas de retalhos no banco de madeira sob a janela sul.

– Que lugar mais agradável para costurar – Ma disse, olhando para a nova sala de estar com um sorriso feliz no rosto. – Agora vou correr com seu vestido, Laura. Talvez consiga terminá-lo até domingo.

– Não há pressa – Laura disse a ela. – Não vou usá-lo sem meu novo chapéu. A senhorita Bell está fazendo como eu quero, mas precisarei de mais dois sábados de trabalho para poder pagar por ele.

– Por que não toca um pouco de órgão, Laura? – Pa perguntou, quando chegou do estábulo. Carrie coava o leite no outro cômodo, que agora era só a cozinha.

– Minha nossa, Grace! – Ma exclamou, quando a menina e o banquinho tombaram. Grace se sentou, assustada demais para falar qualquer coisa. Até Laura ficou horrorizada, porque o banquinho havia se partido em dois. Então Pa riu.

– Não se preocupe, Grace. Você só desatarraxou. – Então ele acrescentou, sério: – Mas depois disso, deve ficar longe do banquinho.

– Sim, Pa – Grace concordou, tentando se levantar, mas estava tonta. Laura a colocou de pé e a segurou firme no lugar, então tentou dizer a Pa como havia gostado do órgão. Mal podia esperar que Mary voltasse para tocar, acompanhando-o na rabeca.

No jantar, Ma disse outra vez que não moravam mais em uma cabana provisória. A cozinha tinha ficado bem espaçosa, com apenas o fogão, o armário, a mesa e as cadeiras.

– Em pouco mais de um ano, este terreno pertencerá a nós em definitivo – Pa a lembrou. – Faltam dezoito meses para que eu ganhe a aposta.

– Eu sei, Charles – disse Ma. – Vou ficar muito orgulhosa quando tivermos a escritura do governo. E é outro motivo para considerar este lugar nossa casa desde já.

– No ano que vem, se tudo der certo, vou fazer o acabamento externo e pintar – Pa prometeu a si mesmo.

Quando Laura voltou para casa no sábado, já trazia seu chapéu novo, no fim das contas. Ela o carregava com cuidado, bem embrulhado em papel, para proteger da terra.

– A senhorita Bell achou que era melhor eu trazer, antes que alguém o visse e quisesse comprar – Laura explicou. – Ela falou que não fazia diferença se eu o trouxesse antes de terminar de trabalhar por ele.

– Pode usá-lo para ir à igreja amanhã – Ma disse a ela. – Já terminei seu vestido.

O vestido de popelina marrom estava esticado na cama de Laura, já passado, para que ela o visse.

– Ah, quero ver o chapéu também – Carrie pediu, depois que haviam admirado o vestido, mas Laura não o desembrulhou.

– Agora não. Quero que o vejam só quando eu for usá-lo com o vestido.

Na manhã seguinte, todos acordaram cedo para ter tempo de se arrumar para a igreja. Era uma manhã fresca de céu aberto; as cotovias-do-prado cantavam e o sol secava o orvalho das gramíneas. Aprontada em seu vestido engomado de cambraia e com suas fitas de domingo no cabelo, Carrie ficou sentada na cama, esperando Laura se vestir.

– Seu cabelo é lindo, Laura – ela comentou.

– Não é dourado como o de Mary – Laura disse apenas. No entanto, enquanto ela o escovava ao sol, seu cabelo parecia mesmo lindo. Os fios castanhos e brilhantes eram finos, mas abundantes, e tão longos que, soltos, passavam dos joelhos. Ela penteou até deixá-lo liso como cetim, depois trançou e prendeu a trança no alto. Então, tirou os rolinhos que havia posto na franja e a ajeitou com cuidado. Em seguida, vestiu as meias de renda branca e abotoou os sapatos pretos bem engraxados.

Com cuidado, pôs a armação da saia por cima das roupas de baixo. Laura havia gostado da armação nova. Era do tipo que usavam no Leste, a primeira que a senhorita Bell havia trazido. Em vez de apenas arame, também tinha fitas largas na frente que chegavam quase aos joelhos e seguravam a anágua de maneira que o vestido ficasse liso. As fitas também seguravam a anca postiça de arame, que podia ser ajustada, nas costas. Havia um pedaço de fita de cada lado, e ambas podiam ser afiveladas sob a anca, para deixá-la maior ou menor. Ou podiam ser afiveladas na frente, de modo que o vestido caísse suavemente em volta. Laura não gostava da anca muito pronunciada, por isso afivelava na frente.

Com cuidado, ela vestiu sua melhor anágua, engomada, e depois a sobressaia do vestido novo. Era de cambraia marrom e se ajustava sobre o topo da anca postiça, abrindo-se de leve ao redor da armação. Embaixo, quase tocando o chão, havia um babado de trinta centímetros de largura de popelina marrom e uma faixa lisa de dois centímetros e meio de seda marrom. A popelina não era lisa: tinha listras de seda vazada.

Por cima da sobressaia e do espartilho branco, Laura colocou o vestido em si. Suas mangas compridas cobriam todo o braço perfeitamente até os pulsos, onde terminavam em uma faixa de seda simples. O colarinho era alto, com uma faixa de seda no pescoço. Ficava bem ajustado ao corpo e abotoava na frente, com botõezinhos redondos forrados de seda marrom. Na altura dos quadris, o vestido abria e rodava, cobrindo até o topo do babado da sobressaia. Havia também outra faixa de seda marrom no acabamento da parte de cima.

Na gola, Laura prendeu com o alfinete de pérola que Ma havia lhe dado um laço azul de cinco centímetros de largura. As pontas da fita caíam em serpentina até a altura da cintura.

Só então, depois de estar vestida, que Laura desembrulhou o chapéu. Carrie suspirou encantada ao vê-lo.

Era uma touca de palha verde-clara que cobria completamente a cabeça de Laura e emoldurava-lhe o rosto com sua aba larga. O forro era de seda azul franzida. Duas fitas azuis saindo da orelha o mantinham firme no lugar.

O forro, as fitas do chapéu e a fita que Laura prendera no pescoço eram exatamente da cor dos olhos dela.

Pa, Ma e Grace estavam prontos para ir à igreja quando Laura desceu do quarto, com Carrie em seu encalço. Os olhos de Pa foram do topo da cabeça de Laura ao babado marrom de popelina, que deixava apenas a ponta dos sapatos pretos dela à mostra. Então, disse:

– Dizem que belas penas tornam os pássaros bonitos, mas, na minha opinião, só em um belo pássaro tais penas poderiam crescer.

Laura ficou tão satisfeita que nem conseguiu falar.

– Você está muito bonita – Ma a elogiou. – Mas não se esqueça de que a verdadeira beleza está em nossos atos.

– Sim, Ma – Laura disse.

– Que gorro engraçado – Grace comentou.

– Não é um gorro. É um chapéu – Laura explicou a ela.

Então, Carrie disse:

– Quando eu crescer e for moça, vou trabalhar para ter um vestido igualzinho a este.

– O seu provavelmente será mais bonito – Laura respondeu na mesma hora, sobressaltada. Nunca havia pensado em si mesma como uma moça. Claro que era uma, com o cabelo preso e a saia quase tocando o chão. E não estava certa de que gostava daquilo.

– Venham – Pa disse. – Os cavalos já estão esperando. Vamos nos atrasar para a igreja se não nos apressarmos.

O dia estava tão agradável e ensolarado que Laura odiou ter que ficar sentada na igreja, e o longo sermão do reverendo Brown pareceu mais entediante do que de costume. A grama verde do outro lado das janelas abertas e a brisa roçando de leve em sua bochecha a atraíam. Laura sentia que um dia como aquele devia envolver mais do que ir à igreja e voltar para casa.

Assim que chegaram, Ma, Carrie e Grace voltaram a colocar seus vestidos do dia a dia, mas Laura não queria fazê-lo.

– Posso ficar com meu vestido de domingo, Ma? – ela perguntou. – Usarei um avental grande e tomarei muito cuidado.

– Pode, se quiser – Ma permitiu. – Nada vai acontecer com ele se tomar cuidado.

Depois do almoço e de lavarem a louça, Laura vagou inquieta pela pradaria. O céu estava tão azul, as nuvens pareciam tão cintilantes e peroladas, e tudo em volta estava verde. Os choupos novos cresciam em fileira em volta da casa. As mudas que Pa havia plantado já estavam duas vezes mais altas que Laura; seus galhos finos se abriam e suas folhas farfalhavam. Ela ficou sob sua sombra, olhando para o leste, o sul e o oeste, naquele dia encantador e vazio.

Laura olhou na direção da cidade, e enquanto o fazia uma carroça de passeio se aproximou correndo, virando a esquina no estábulo dos Pearson e pegando a estrada que dava no Grande Charco.

Era uma carroça nova, a julgar pela maneira como o sol refletia nela e em suas rodas. Os cavalos eram marrons e trotavam uniformemente. Seriam os potros que Laura ajudara a domar? Só podiam ser. Quando viraram na direção dela e atravessaram o charco, Laura viu que era Almanzo quem os conduzia. Eles chegaram trotando e a carroça parou ao lado dela.

– Gostaria de dar uma volta? – Almanzo perguntou.

Enquanto Pa saía à porta, Laura respondeu como sempre respondia:

– Ah, sim! Estarei pronta em um minuto.

Ela amarrou seu chapéu e disse a Ma que daria um passeio de carroça. Os olhos de Carrie brilharam. Ela parou Laura e ficou na ponta dos pés para sussurrar:

– Não está feliz por não ter trocado de vestido?

– Sim – Laura sussurrou de volta, e estava mesmo. Ela estava feliz por seu vestido e seu chapéu serem tão bonitos. Com cuidado, Almanzo abriu a coberta de linho e Laura a enfiou sob o babado da saia, para proteger a popelina marrom da poeira. Então eles partiram sob o sol da tarde, em direção aos lagos de Henry e Thompson, que ficavam a certa distância ao sul.

– Gostou da carroça nova? – Almanzo perguntou.

Era uma carroça de passeio linda, preta e brilhante, com os raios das rodas vermelhos e brilhantes. O assento era largo, acolchoado, e tinha encosto e uma cobertura preta reluzente, que estava recolhida. Laura nunca havia andado em uma carroça tão luxuosa.

– É muito bonita – Laura disse, recostando-se confortavelmente na almofada de couro. – Nunca andei em uma igual. O encosto não é tão alto quanto o dos bancos simples de madeira, não é?

– Talvez assim fique melhor – Almanzo disse, colocando um braço acima do encosto.

Não estava exatamente abraçando Laura, mas seu braço tocava os ombros dela. Laura deu de ombros, e o braço dele não se moveu. Então ela se inclinou para a frente e agitou o chicote no ar. Os potros deram um pulo e dispararam.

– Sua endiabrada! – Almanzo exclamou, voltando a pegar as rédeas e firmando os pés no chão. Precisava de ambas as mãos para controlar os animais.

Logo os potros trotavam calmamente outra vez.

– E se eles não tivessem parado? – Almanzo perguntou, indignado.

– Ainda teriam muito a percorrer antes de chegar ao fim da pradaria – Laura comentou, rindo. – E não encontrariam nada daqui até lá.

– Mesmo assim! – Almanzo fez uma pausa e disse: – Você é mesmo independente, não é?

– Sim – disse Laura.

Eles passearam bastante naquela tarde, indo até o lago Henry e voltando. Somente uma península os separava do lago Thompson. Entre os lençóis de água azul, havia uma extensão de terra larga o bastante para passar apenas uma carroça por vez. Havia choupos novos e cerejeiras-da-virgínia de ambos os lados, sobre um emaranhado de videiras. Parecia mais fresco ali. O vento soprava sobre a água e entre as árvores dava para ver as ondas baixas quebrando contra as margens.

Almanzo dirigia devagar enquanto contava a Laura sobre os oitenta acres de trigo e os trinta acres de aveia que havia plantado.

– Você sabe que tenho propriedades para cuidar – ele disse. – Fora que Cap e eu transportamos madeira por toda a região para construir casas e escolas. Foi assim que consegui comprar esta carroça.

– Por que não continuou com a anterior? – Laura perguntou, sensata.

– Eu a troquei pelos potros no outono passado – Almanzo explicou. – Sabia que poderia andar de trenó durante o inverno, mas quando a primavera chegou precisei de uma carroça. Se tivesse uma, teria vindo ver você antes.

Enquanto eles conversavam, Almanzo deu a volta no lago Henry, depois atravessou a pradaria ao norte. De tempos em tempos, via-se uma cabana nova. Algumas tinham estábulo e um terreno arado.

– A região está sendo ocupada rapidamente – ele disse quando viravam para oeste ao longo da margem do lago Silver para pegar a direção da propriedade de Pa. – Percorremos pouco mais de sessenta quilômetros e devemos ter visto umas seis casas.

O sol já estava baixo no oeste quando Almanzo a ajudou a descer da carroça, à porta de casa.

– Se você gostar tanto de passeios de carroça quanto de trenó, voltarei no próximo domingo – ele disse.

– Gosto de passeios de carroça – Laura respondeu. De repente, ela ficou tímida e correu para dentro de casa.

Nellie Oleson

– Minha nossa – Ma disse. – Parece que eles combinaram.

Na terça-feira, um rapaz que morava em uma propriedade próxima havia aparecido para convidar Laura para andar de carroça no domingo seguinte. Na quinta-feira à noite, outro jovem da vizinhança a convidou para andar de carroça com ele no domingo seguinte também. Enquanto ela caminhava de volta para casa na tarde de sábado, um terceiro rapaz a alcançou e lhe deu uma carona em sua carroça, depois perguntou se poderiam andar a cavalo no dia seguinte.

Naquele domingo, Almanzo e Laura passaram pelas duas propriedades de Almanzo em seu caminho rumo ao lago Spirit, mais ao norte. O primeiro terreno tinha uma casa pequena; no segundo, não havia nenhuma construção, apenas árvores jovens que pareciam crescer bem. Ele as havia plantado com cuidado e devia cuidar delas por cinco anos; depois disso, a propriedade seria sua em definitivo. As árvores estavam crescendo muito melhor do que Almanzo esperara a princípio: ele achava que, se árvores crescessem naquela pradaria, já teriam crescido naturalmente.

– Os especialistas do governo têm tudo planejado – Almanzo explicou a Laura. – Vão cobrir a pradaria de árvores, desde o Canadá até o território indígena. Já mapearam onde deve haver árvores, e só é possível conseguir terrenos nessa região se for para plantar. Pelo menos em algo estão certos: se metade dessas árvores sobreviver, vão semear a região toda e formar uma floresta, como as do Leste.

– Acha mesmo? – Laura perguntou, perplexa. Não conseguia imaginar aquelas pradarias transformadas em florestas como a de Wisconsin.

– Bem, o tempo dirá. De qualquer maneira, estou fazendo minha parte. Vou manter aquelas árvores vivas, se for possível.

O lago Spirit era bonito e ermo. Almanzo passou ao longo da margem pedregosa, onde a água era funda e as ondas formavam espuma e batiam alto nas rochas. Havia também um montículo indígena. Diziam que tinha sido um cemitério, mas ninguém sabia o que havia dentro. Choupos altos, cerejeiras-da-virgínia e videiras cresciam ali.

No caminho de volta, eles passaram pela propriedade dos Oleson. Ficava um quilômetro e meio a leste da propriedade de Almanzo. Laura nunca tinha visto a casa de Nellie Oleson e sentiu pena dela; a cabana parecia muito pequena entre as gramíneas balançando. O senhor Oleson não tinha cavalos, só uma junta de bois, e não haviam feito melhorias no lugar, como Pa fizera. Laura só passou os olhos por ele, porque não queria estragar aquele lindo dia pensando em Nellie Oleson.

– Até domingo – Almanzo disse ao deixá-la à porta. Tudo ali parecia diferente agora que Laura havia visto os lagos Henry e Thompson, o lago Spirit e o estranho montículo indígena. Ela se perguntou o que veriam na semana seguinte.

Na tarde de domingo, quando viu a carroça se aproximar pelo Grande Charco, Laura notou que havia alguém com Almanzo. Ela se perguntou quem poderia ser, e se ele não pretendia dar uma volta aquele dia.

Quando os cavalos pararam à porta, Laura viu que era Nellie Oleson quem o acompanhava. Sem esperar que Almanzo falasse, Nellie exclamou:

– Venha, Laura! Venha dar uma volta com a gente!

– Quer ajuda, Wilder? – Pa perguntou, aproximando-se dos potros, e Almanzo aceitou. Pa segurou as rédeas enquanto Almanzo esperava para ajudar Laura a subir. Ainda em um estado de surpresa estupefata, ela permitiu que o fizesse. Nellie se ajeitou para dar espaço a ela e ajudou a cobrir a popelina marrom com a coberta de linho.

Quando saíram, Nellie voltou a falar. Elogiou a carroça, os potros e a condução de Almanzo, então mencionou a roupa de Laura.

– Ah, Laura, seu chapéu é absolutamente lindo!

Ela nunca esperava por uma resposta. Queria ver os lagos Henry e Thompson, porque havia ouvido muito a respeito; achava que o clima estava ótimo e que a paisagem era bonita, não como a do Estado de Nova York, claro, mas não se podia esperar aquilo do Oeste.

– Por que está tão quieta, Laura? – Nellie perguntou, emendando uma risadinha. – Minha língua não foi feita para ficar parada. Foi feita para falar sem parar!

A cabeça de Laura doía, seus ouvidos zumbiam com o falatório incessante. Ela estava furiosa. Almanzo parecia estar gostando do passeio. Ou pelo menos parecia estar achando graça.

Eles foram até os lagos Henry e Thompson. Passaram pela península estreita entre eles. Nellie achou os lagos lindos; gostava de lagos, gostava de água, gostava de árvores e de videiras, adorava passear de carroça nos domingos à tarde; achava tudo absolutamente lindo.

O sol já estava baixo quando eles voltaram. Como a casa de Laura ficava mais perto, eles passaram lá primeiro.

– Volto no domingo que vem – Almanzo disse, enquanto ajudava Laura a descer da carroça.

Antes que ela pudesse responder, Nellie o fez:

– Ah, sim! Viremos buscar você. Foi muito divertido, não foi? Até domingo então, não se esqueça, passaremos aqui. Adeus, Laura, adeus!

Almanzo e Nellie seguiram na direção da cidade.

A semana toda, Laura ficou pensando se deveria ou não ir. Não via graça nenhuma em andar de carroça com Nellie. Por outro lado, Nellie adoraria que ela não fosse, era o que queria mesmo. Provavelmente, Nellie encontraria um jeito de ir passear com Almanzo todos os domingos.

Laura acabou decidindo ir com eles.

O passeio do domingo seguinte começou como o anterior. Nellie não parava de falar. Estava animada, tagarelando e rindo para Almanzo, mas quase ignorando Laura. Estava certa de seu triunfo, pois sabia que Laura não suportaria aquela situação por muito tempo.

– Ah, Mannie, você realmente domou esses potros, lida com eles muito bem – Nellie disse, inclinando-se na direção do braço de Almanzo.

Laura curvou-se para ajeitar a coberta de linho em seus pés. Enquanto se endireitava, deixou que a ponta fosse pega pelo vento forte da pradaria. Os potros deram um salto e começaram a correr.

Nellie gritou e gritou, agarrada ao braço de Almanzo, do qual ele precisava muito no momento. Laura recuperou a ponta da coberta de linho e se sentou em cima dela.

Sem a coberta se agitando ao vento, os potros logo sossegaram e voltaram a seu trote bem treinado.

– Ah, nunca fiquei tão assustada, nunca fiquei tão assustada em toda a minha vida – Nellie disse, arfando. – Cavalos são animais tão selvagens. Ah, Mannie, por que fizeram isso? Não deixe que façam outra vez.

Almanzo olhou de soslaio para Laura, mas não disse nada.

– Cavalos são razoáveis quando você os entende – comentou Laura. – Mas imagino que esses não sejam como os cavalos de Nova York.

– Ah, nunca vou entender os cavalos do Oeste. Os cavalos de Nova York são quietinhos – Nellie disse, então voltou a falar de Nova York, como se conhecesse bem o Estado. Laura não sabia nada a respeito, mas tinha certeza de que Nellie tampouco, enquanto Almanzo era versado no assunto.

Estavam se aproximando da curva para seguir para a casa de Laura quando ela disse:

– Estamos tão perto dos Boast. Não seria simpático vê-los?

– Se quiser – Almanzo disse. Em vez de virar para oeste, ele continuou guiando para o norte, atravessando os trilhos do trem e seguindo pela pradaria até a propriedade do senhor Boast. O senhor e a senhora Boast vieram à porta.

– Ora, ora. É uma carroça para três – o senhor Boast brincou, com os olhos pretos brilhando. – O banco é mais largo que o do trenó, que foi construído para dois.

– Carroças são diferentes – Laura disse a ele.

– Parece... – o senhor Boast começou a dizer, mas a senhora Boast o interrompeu.

– Rob! Convide-os para descer e entrar um pouco.

– Não podemos – Laura disse. – Só paramos por um minuto.

– Só saímos para passear – Almanzo explicou.

– Faremos a volta aqui – Nellie disse, com autoridade.

Laura falou depressa:

– Vamos um pouco mais para a frente. Nunca peguei esta estrada. Temos tempo de seguir um pouco mais, Almanzo?

– É uma boa estrada, que vai para o norte – o senhor Boast disse, e seus olhos pareciam sorrir para Laura. Ela teve certeza de que ele sabia o que estava planejando, e seus olhos sorriram de volta enquanto Almanzo saía com os potros e seguiam para o norte. Logo depois da propriedade do senhor Boast, eles atravessaram a ponta do charco que havia a nordeste do lago Silver. Ali, havia uma estrada que dava na cidade, mas estava inundada, como Laura sabia que estaria. Eles continuaram avançando na direção norte.

– Que tolice, não tem graça nenhuma. Chamar essa estrada de boa? – Nellie comentou, com medo.

– Até aqui está boa – Laura disse, baixo.

– Bem, não viremos por aqui outra vez – Nellie avisou, então recuperou sua vivacidade rapidamente e disse a Almanzo que iria a qualquer lugar com um condutor e potros tão bons.

Outra estrada levava a oeste, e Almanzo a pegou. A casa de Nellie estava só um pouco à frente. Almanzo a ajudou a descer da carroça e ela segurou sua mão por um pouco mais de tempo, dizendo quanto havia gostado do passeio.

– Vamos fazer outro caminho no domingo que vem, não é, Mannie?

– Ah, sinto muito por ter sugerido ir por ali, Nellie. Não sabia que não ia gostar – Laura disse.

– Adeus – Almanzo disse apenas, e se sentou ao lado de Laura.

Os dois ficaram em silêncio por um tempo enquanto seguiam na direção da cidade. Então Laura disse:

– Receio que, ao sugerir pegar aquela estrada, eu tenha feito você se atrasar para suas tarefas.

– Não importa – ele garantiu. – Os dias e noites estão longos como nunca, e não tenho uma vaca.

Os dois voltaram a ficar em silêncio. Laura se sentiu uma companhia entediante depois da conversa animada de Nellie, mas estava determinada a deixar que Almanzo decidisse aquilo. Não tentaria segurá-lo, mas não deixaria que outra garota o afastasse dela aos poucos, sem que percebesse.

Logo que chegaram, enquanto estavam ao lado da carroça, Almanzo disse:

– Vamos passear de novo domingo que vem?

– Não vamos todos – Laura disse. – Se quiser levar Nellie para passear, faça isso, mas não venha me buscar. Boa noite.

Ela entrou em silêncio na casa e fechou a porta.

Algumas vezes, enquanto caminhava até a escola, passando a depressão que primeiro ficava verde com as folhas das violetas e depois azul com suas flores, Laura se perguntava se Almanzo apareceria no domingo seguinte. Às vezes, enquanto seus três alunos estudavam diligentemente, ela tirava os olhos de seus próprios livros para ver a sombra das nuvens sobre a grama ensolarada do outro lado da janela e se perguntava a respeito. Se ele não aparecesse, pronto. Estava resolvido. Tudo o que ela podia fazer era esperar que o domingo viesse.

No sábado, Laura foi até a cidade e passou o dia costurando para a senhorita Bell. Pa estava arando a terra em casa, para aumentar a plantação de trigo. Laura parou no correio para verificar se havia alguma coisa, e uma carta de Mary tinha chegado! Ela mal podia esperar para chegar em casa e para que Ma a lesse, porque deveria revelar quando Mary voltaria.

Ninguém havia escrito a Mary sobre a nova sala de estar e o órgão que esperava por ela ali. Nunca ninguém da família havia tido uma surpresa como a que preparavam para Mary.

– Ah, Ma! Chegou uma carta de Mary! – ela exclamou ao entrar.

– Eu termino o jantar, Ma, pode ler – Carrie disse.

Ma tirou um grampo do cabelo e, com cuidado, abriu o envelope enquanto se sentava para ler. Ela desdobrou a folha de papel e começou a ler, mas foi como se toda a luz se apagasse na casa.

Carrie olhou assustada para Laura, que depois de um momento perguntou, em tom baixo:

– O que foi, Ma?

– Mary não quer vir para casa – Ma disse. Então se corrigiu, depressa: – Não foi isso que eu quis dizer. Ela está perguntando se pode passar as férias com Blanche na casa dela. Mexa as batatas, Carrie. Vão dourar demais.

Eles conversaram a respeito durante o jantar. Ma leu a carta em voz alta. Mary tinha escrito que Blanche queria muito que ela conhecesse sua casa, que ficava perto de Vinton. A mãe dela ia escrever para Ma, para convidar Mary formalmente. Mary queria ir, se Pa e Ma deixassem.

– Acho que devemos deixar – Ma disse. – Vai ser diferente e vai lhe fazer bem.

– Está bem – Pa disse, de modo que estava decidido. Mary não iria para casa naquele ano.

Mais tarde, Ma disse para Laura que Mary voltaria para casa em definitivo quando terminasse a faculdade e talvez nunca tivesse outra oportunidade de viajar. Era bom que ela pudesse aproveitar e fazer amigos enquanto ainda era jovem.

– Mary vai guardar essas lembranças com carinho – Ma comentou.

À noite, Laura sentiu que nada nunca seria igual. Na manhã seguinte, o sol brilhava e as cotovias-do-prado cantavam, mas aquilo não significava nada. Enquanto seguia na carroça até a igreja, ela disse a si mesma que viajaria de carroça pelo resto de sua vida. Estava certa de que Almanzo levaria Nellie Oleson para passear naquela tarde.

Ainda assim, quando voltou para casa, não trocou o vestido de popelina marrom, e pôs apenas um avental por cima, como havia feito antes. O tempo passou muito devagar, mas finalmente, às duas horas, Laura viu pela janela os potros se aproximarem correndo pela estrada que vinha da cidade. Eles pararam à porta dela.

– Quer dar uma volta de carroça? – Almanzo perguntou a Laura quando ela saiu à porta.

– Ah, sim! – Laura respondeu. – Estarei pronta em um minuto.

Seu rosto olhava de volta para ela do espelho, todo corado e sorridente, enquanto Laura amarrava a fita azul de seu chapéu.

Na carroça, ela perguntou:

– Nellie não quis vir?

– Não sei – Almanzo respondeu. Depois de um momento, ele comentou, com fastio: – Ela tem medo de cavalos. – Laura não disse nada, e depois de um momento ele prosseguiu: – Eu não deveria tê-la trazido da primeira vez, mas passei por ela enquanto caminhava pela estrada. Ela estava indo à cidade encontrar alguém, mas disse que preferia passear conosco. Os domingos na casa dela são longos e solitários, por isso fiquei com pena. E ela pareceu gostar bastante do passeio. Não sabia que vocês duas não se gostavam.

Laura ficou surpresa que um homem que soubesse tanto sobre cultivo e cavalos não soubesse nada sobre garotas como Nellie. Mas disse apenas:

– Não, você não teria como saber, como não estudou conosco. Mas vou lhe dizer o que gostaria de fazer: gostaria de levar Ida para dar uma volta.

– Faremos isso um dia – Almanzo concordou. – Mas por hoje está bom assim, só nós dois.

Era uma bela tarde. O sol estava quase quente demais, e Almanzo disse que os potros andavam tão obedientes que dava para puxar a cobertura da carroça. Juntos, cada um com uma mão, eles a levantaram e a prenderam no lugar. Depois, passearam em sua sombra, com o vento suave soprando pelas laterais abertas.

Depois daquele dia, nada mais foi dito quanto ao domingo seguinte, embora Almanzo sempre virasse a esquina do estábulo dos Pearson às duas da tarde e Laura estivesse sempre pronta quando ele parava à porta. Pa tirava os olhos do jornal e acenava com a cabeça em despedida, depois voltava à leitura, enquanto Ma dizia:

– Não fique fora até muito tarde, Laura.

Junho chegou e as rosas floresceram pela pradaria. Laura e Almanzo as colhiam na estrada até que sua fragrância enchesse a carroça.

Então, às duas horas de um domingo, a esquina do estábulo dos Pearson permaneceu vazia. Laura não conseguia imaginar o que havia acontecido, até que, de repente, os potros estavam à porta, com Ida na carroça, rindo alegremente.

Almanzo havia passado no reverendo Brown e convencido Ida a passear com eles. Então, para surpreender Laura, ele cruzara o Grande Charco a leste da estrada que levava para a cidade, o que o fizera chegar à propriedade de Pa pelo sul. Enquanto ela esperava que viesse pelo norte, ele viera pela direção oposta.

Eles foram até o lago Henry aquele dia, e foi um passeio muito alegre. Os potros se comportaram muito bem. Ficaram quietos enquanto Ida e Laura enchiam os braços de rosas e voltavam para a carroça. Mordiscaram os arbustos que ladeavam a estrada enquanto Almanzo e as meninas observavam as ondas batendo nas margens dos lagos.

A estrada era tão estreita que Laura disse:

– Acho que a água deve cobrir a estrada às vezes.

– Nunca vi isso acontecer – Almanzo falou –, mas talvez, muitos anos ou eras atrás, os dois lagos tenham sido um só.

Então, por um tempo, eles ficaram sentados em silêncio, e Laura pensou em como devia ter sido bonito quando os lagos gêmeos eram um só e búfalos e antílopes vagavam na pradaria em volta e iam beber sua água. Lobos, coiotes e raposas moravam em suas margens, gansos, cisnes, garças, grous, patos e gaivotas faziam seus ninhos, pescavam e circulavam por ali, em número incontável.

– Por que suspirou? – Almanzo perguntou.

– Eu suspirei? Estava só pensando que as criaturas selvagens partem quando as pessoas chegam. Queria que isso não acontecesse.

– A maioria dos homens as mata.

– Eu sei – Laura disse. – Não consigo entender por quê.

– É lindo aqui – Ida comentou –, mas estamos bem longe de casa e prometi a Elmer que iria à igreja com ele hoje à noite.

Almanzo pegou as rédeas e falou com os potros enquanto Laura perguntava a amiga:

– Quem é Elmer?

– É um rapaz que tem uma propriedade perto do reverendo Brown e costuma comer em casa – Ida contou a ela. – Ele queria que eu fosse dar uma volta com ele à tarde, mas preferi vir com você dessa vez. Você nunca viu Elmer… McConnell – ela se lembrou de acrescentar.

– Há tanta gente nova por aqui que nem sei mais quem conheço e não conheço – Laura disse.

– Mary Power vai com o novo atendente do banco – Ida comentou.

– Mas e Cap? – Laura exclamou. – E quanto a Cap Garland?

– Cap está interessado em uma garota nova, que mora a oeste da cidade – Almanzo contou a elas.

– Ah, que pena que não saímos mais todos juntos – Laura lamentou. – Como era divertido andar de trenó, com todos desfilando.

– Bem… – Ida disse. – "Na primavera, a mente de um jovem se volta para pensamentos de amor."

– Sim, ou isso… – Laura disse, e começou a cantar:

Ah, assobie e irei até você, meu jovem,
Ah, assobie e irei até você, meu jovem,
Mesmo que enlouqueça meu pai e minha mãe,
Ah, assobie e irei até você, meu jovem.

– Você faria isso? – Almanzo perguntou.

– Claro que não! – Laura respondeu. – É só uma música.

– É só assobiar para Nellie que ela virá – Ida brincou. Depois acrescentou, séria: – Mas ela tem medo destes cavalos. Diz que não são confiáveis.

Laura deu uma risada alegre.

– Eles foram um pouco ousados quando ela saiu conosco – ela disse.

– Não consigo entender... foram perfeitamente gentis hoje – Ida insistiu.

Laura só sorriu e se cobriu melhor. Então viu Almanzo olhando-a de soslaio, por trás da cabeça de Ida, e deixou que seus olhos brilhassem para ele. Não importava que ele soubesse que ela havia assustado os potros de propósito, por causa de Nellie.

Eles percorreram os quilômetros de volta conversando e cantando, até que chegaram à casa de Laura. Ao descer, ela disse:

– Quer vir conosco domingo que vem, Ida?

Corando, a garota respondeu:

– Eu gostaria, mas... acho que vou dar aquela volta com Elmer.

Barnum e Skip

Junho se foi, e o trabalho de Laura como professora chegou ao fim. O órgão foi pago. Ela aprendeu a tocar alguns acordes com a rabeca de Pa, mas preferia ouvi-la sozinha, afinal, o órgão era para Mary quando ela voltasse para casa.

Uma noite, Pa disse:

– Amanhã é Quatro de Julho. Querem ver a comemoração na cidade?

– Ah, não, vamos fazer como no ano passado – Carrie disse. – Não quero estar no meio da multidão enquanto soltam fogos de artifício. Prefiro fazer isso em casa.

– Quero muitos doces – Grace pediu.

– Imagino que Wilder vá passar, certo, Laura? – Pa perguntou.

– Ele não disse nada. Mas não quero ir à comemoração, de qualquer maneira.

– É unânime, Caroline? – Pa quis saber.

– Sim, se concordar com as meninas. – Ma sorriu para todos. – Pensarei em um almoço especial, e as meninas vão me ajudar a preparar.

Elas se mantiveram ocupadas toda a manhã seguinte. Assaram pão, fizeram torta e um bolo. Laura foi à horta e cavucou a terra atrás de batatas.

Pegou o bastante para o almoço sem estragar a raiz da planta. Então colheu ervilhas, tomando o cuidado de escolher as vagens mais gordas.

Ma fritou o frango enquanto as batatas e as ervilhas cozinhavam e o creme era feito. O almoço do Quatro de Julho estava quase pronto, faltava apenas o chá, quando Pa chegou da cidade. Trazia limões para fazer uma limonada à tarde, fogos de artifício para a noite e doces para depois do almoço.

Enquanto entregava os pacotes a Ma, ele disse a Laura:

– Vi Almanzo Wilder na cidade. Ele e Cap Garland estavam domando uma parelha nova. Aquele rapaz errou em sua vocação: devia ser domador de leões. Os cavalos novos são mais arredios que falcões. Ele e Cap faziam de tudo para segurá-los. Almanzo pediu que eu lhe dissesse para estar pronta para subir assim que a carroça chegar, se quiser dar uma volta nesta tarde, porque ele não vai conseguir descer para ajudar. E pediu que eu lhe avisasse que vão precisar domar a nova parelha.

– Acho que ele quer que você acabe quebrando o pescoço – Ma disse. – Espero que quebre o dele primeiro.

Aquilo era tão inesperado de Ma, sempre tão gentil, que todos ficaram olhando para ela.

– Wilder pode dar conta dos cavalos, Caroline, não se preocupe – Pa disse, confiante. – É um cavalariço como nunca vi igual.

– Quer mesmo que eu fique, Ma? – Laura perguntou.

– Você deve confiar em seu próprio julgamento, Laura – Ma respondeu. – Se Pa diz que é seguro, então deve ser.

Depois que haviam desfrutado sem pressa do delicioso almoço, Ma disse a Laura para deixar a louça e ir colocar seu vestido de popelina, se pretendia sair.

– Eu cuido de tudo – Ma disse.

– Mas trabalhou a manhã toda. Posso lavar a louça e me vestir depois.

– Nenhuma das duas precisa se preocupar com a louça – Carrie disse. – Eu lavo e Grace enxuga. Venha, Grace. Você e eu somos mais velhas do que Mary e Laura eram quando faziam todo o trabalho.

Assim, Laura estava pronta e esperando na porta quando Almanzo apareceu. Ela nunca havia visto aqueles cavalos. Um era um baio alto, com crina e rabo pretos. Outro era um cavalo bem largo, marrom com manchas brancas. De um lado de seu pescoço marrom, uma mancha branca lembrava um galo, e uma mecha branca na crina marrom parecia seu rabo.

Almanzo parou aquela estranha parelha e Laura se aproximou da carroça, mas o cavalo marrom empinou nas pernas de trás, com as patas da frente no ar, enquanto o baio deu um pulo para a frente. Almanzo perdeu as rédeas e gritou, enquanto os cavalos corriam:

– Já volto.

Laura aguardou que ele desse a volta na casa. Quando parou os cavalos outra vez, ela foi depressa na direção da carroça, mas recuou quando o cavalo malhado empinou e o baio pulou.

Pa e Ma agora estavam ao lado de Laura. Carrie se encontrava à porta, segurando o pano de prato, com Grace a seu lado. Todos esperaram que Almanzo desse a volta de novo.

Ma disse:

– É melhor não tentar outra vez, Laura.

Mas Pa disse:

– Ela vai ficar bem, Caroline. Wilder pode cuidar deles.

Daquela vez, enquanto parava os cavalos, Almanzo os virou um pouco, para ajudar Laura a subir por entre as rodas.

– Rápido – ele disse.

Apesar da armação da saia, Laura foi rápida. Sua mão direita agarrou a cobertura recolhida e o pé direito pisou no degrau. Quando o cavalo malhado empinou e o baio saltou, ela pisou na carroça com o pé esquerdo e se sentou.

– Essa armação! – Laura resmungou, enquanto, protegendo a popelina marrom com a coberta de linho, se ajeitava na carroça que acelerava.

– Não toque na cobertura! – Almanzo disse, e depois os dois ficaram em silêncio. Ele estava muito ocupado em controlar os cavalos, e Laura se encolheu em seu lado do banco para não ficar no caminho enquanto ele tentava fazer os cavalos irem mais devagar.

Eles seguiram para o norte, porque era para onde os cavalos haviam partido. Enquanto atravessavam a cidade, Laura viu de relance a multidão abrindo caminho e Cap Garland sorrir e acenar para ela.

Depois, pensou com satisfação que ela mesma havia costurado a fita da touca, e estava segura de que os pontos não cederiam.

Os cavalos passaram em um trote rápido, e Almanzo comentou:

– Eles disseram que você não viria, mas Cap discordou.

– Ele apostou que eu viria? – Laura perguntou.

– Eu não apostei, se é isso que quer saber – Almanzo respondeu. – Não faria uma aposta envolvendo uma moça. Mas não sabia se gostaria desse circo todo.

– O que aconteceu com os potros? – Laura perguntou.

– Vendi.

– Mas Prince e Lady… – Laura hesitou. – Não estou criticando estes cavalos, só estou me perguntando se tem algo de errado com Prince e Lady.

– Não tem nada de errado. Lady teve uma cria e Prince não vai tão bem sem ela. Recebi uma oferta de trezentos dólares pelos potros. São uma parelha em sintonia e bem domada, valem esse preço. Mas não se pode ter certeza de que se vai receber um preço justo hoje em dia. Paguei duzentos dólares por eles. Lucrei cem dólares, e acho que posso vender estes aqui por mais do que me custaram, se quiser, quando estiverem domados. Acho que vai ser divertido, não acha?

– Ah, sim! – Laura respondeu. – Vamos ensiná-los a ser mais mansos.

– Foi o que imaginei. Aliás, o malhado se chama Barnum, e o baio é o Skip. Não vamos passar pelo piquenique, porque os fogos de artifício fariam com que disparassem outra vez.

Os cavalos seguiram em frente, quilômetro após quilômetro, em um trote veloz através da pradaria. Havia chovido na noite anterior, e a água se acumulara em poças onde o terreno era mais baixo, mas Barnum e Skip se recusavam a molhar as patas. Eles pulavam todas as poças, fazendo a carroça voar junto e a touca de Laura escapar ilesa.

O sol do Quatro de Julho estava quente, e Laura se perguntou por que Almanzo não sugeria levantar a cobertura. Até que ele disse:

– Desculpe, mas se levantarmos a cobertura os cavalos vão ficar malucos. Não sei se conseguiria segurá-los. Cap e eu só conseguimos atrelá-los à carroça quando a baixamos.

Assim, eles passearam ao sol, com o vento da pradaria soprando e nuvens brancas se deslocando no céu azul acima. Foram até o lago Spirit e seguiram além. Então, voltaram por estradas diferentes.

– Percorremos quase cem quilômetros – Almanzo disse, quando se aproximavam da casa. – Acho que os cavalos vão permitir que você desça. Mas não ouso descer para ajudar, por medo de que fujam.

– Posso descer sozinha – Laura disse. – Não deixe os cavalos dispararem. Mas não quer ficar para o jantar?

– Eu adoraria, mas preciso levá-los para a cidade para que Cap me ajude a desatrelá-los. Aqui estamos. Cuidado para não mexer na coberta quando for pisar entre as rodas.

Laura tentou obedecer, mas acabou sacudindo-a um pouco. Barnum empinou, Skip deu um salto e eles saíram correndo.

Quando Almanzo apareceu no domingo seguinte, Laura já sabia o que esperar e subiu na carroça depressa assim que eles pararam.

Seguiram para o leste, correndo. Depois de um tempo, os cavalos ficaram mais calmos e Almanzo os conduziu até os lagos gêmeos. Depressa, mas sem empinar ou saltar, os cavalos atravessaram a passagem estreita entre os dois lagos e depois trotaram de volta pela estrada.

– Andei bastante com eles nesta semana, e acho que estão começando a entender que é melhor se comportarem – Almanzo comentou.

– Mas não é tão divertido quando eles se comportam – Laura lamentou.

– Acha mesmo? Bem, então vamos ensinar a eles para que serve a cobertura. Segure-se!

Laura correu para pegar seu lado da cobertura e levantá-lo, enquanto Almanzo fazia o mesmo do lado dele. Em sincronia, os dois a travaram. Rapidinho, a cobertura estava erguida e firme no lugar.

Skip saltou e Laura prendeu o fôlego quando Barnum empinou. Seu corpo se ergueu, as patas dianteiras foram ainda mais alto e suas costas enormes surgiram diante da carroça. Ele ficava cada vez mais próximo, e no instante seguinte cairia para trás, em cima do veículo. Então, com um salto, Barnum voltou ao chão, bem à frente, e passou a correr com Skip. A cobertura balançava com a velocidade, que só aumentava.

Os braços de Almanzo estavam rígidos enquanto ele segurava as rédeas tão esticadas como arame. Laura se encolheu em seu canto, prendeu a respiração e torceu para as rédeas aguentarem.

Por fim, os cavalos se cansaram e voltaram a trotar. Almanzo respirou fundo e relaxou um pouco.

– Melhor assim? – ele perguntou, sorrindo.

Laura deu uma risada trêmula.

– Muito melhor, desde que as rédeas aguentem.

– Elas aguentam. Mandei fazer por encomenda na loja de arreios Schaub. São de couro, com rebites duplos e costuradas com fio encerado. Os cavalos logo vão aprender a diferença entre correr e fugir – Almanzo disse, confiante. – São cavalos fugidos, sabia?

– É mesmo? – Laura perguntou, com uma risada ainda trêmula.

– Sim, foi por isso que comprei tão barato. Eles sabem correr, mas não podem correr de nós. Depois de um tempo, vão aprender que não conseguem fazer isso e vão parar de tentar. Serão uma boa parelha.

– A cobertura continua levantada e assustando os animais. Vamos baixá-la? – Laura perguntou.

– Não precisamos. Só tome cuidado para não a sacudir quando for descer. Vou deixar assim.

O momento mais perigoso da saída da carroça era quando Laura pisava entre as rodas. Precisava ser mais rápida que os cavalos e passar sem ser pega.

Quando Almanzo parou os cavalos à porta, Laura se curvou com todo o cuidado sob a cobertura, sem tocar nela, e desceu depressa. Sua saia esvoaçou, e os cavalos pularam e partiram.

Ela ficou surpresa com a fraqueza que sentiu nos joelhos ao entrar. Pa se virou em sua direção.

– Chegou em casa a salvo de novo – ele comentou.

– Não há perigo algum – Laura disse.

– Não, claro, mas mesmo assim vou me sentir melhor quando aqueles cavalos estiverem mais tranquilos. Imagino que haverá outro passeio no domingo que vem.

– Imagino que sim.

No domingo seguinte, os cavalos já estavam muito mais tranquilos. Eles ficaram parados enquanto Laura entrava na carroça, então partiram, trotando rápido. Almanzo os conduziu pela cidade para o norte. Conforme os quilômetros ficavam para trás, os pelos brilhantes dos animais escureciam com o suor.

Almanzo tentou fazer com que desacelerassem.

– É melhor ir mais devagar, rapazes, para ficarem mais frescos – ele disse, mas os animais se recusaram a fazê-lo. – Bem, se querem seguir assim, mal não vai fazer.

– Está muito quente – Laura disse, levantando a franja da testa para que o vento soprasse ali. O calor do sol era intenso e estranhamente abafado.

– Podemos levantar a cobertura – Almanzo disse, um pouco em dúvida.

– Ah, não, melhor não! Os pobrezinhos já estão com calor o bastante sem fugir... sem correr, digo – ela se corrigiu.

– Está quente demais para afobá-los ainda mais – Almanzo concordou. – Talvez não aconteça nada, mas prefiro não arriscar, se não se importar com o sol.

Conforme o tempo passava, os cavalos trotavam mais devagar. Ainda assim, não chegavam a andar, seguindo em um trote constante até que Laura sugeriu voltar para casa mais cedo por causa do tempo.

O vento vinha de todas as direções em lufadas curtas e quentes, e havia nuvens de tempestade a oeste. Almanzo concordou:

– Parece mesmo que vai chover.

Quando pegaram a direção de casa, os cavalos passaram a trotar mais rápido, mas a viagem ainda era longa. Rodamoinhos giravam na pradaria, retorcendo as gramíneas, como se dedos invisíveis o fizessem.

– Vórtices de poeira – Almanzo comentou. – Só que não há poeira, só grama. Dizem que é um sinal de que um ciclone está por vir.

As nuvens se reuniam a oeste, mas o céu todo parecia de tempestade. Quando Laura chegou a casa, o sol lançava seus raios furiosos contra as nuvens escuras. Almanzo se apressou para voltar a sua propriedade e ajeitar tudo lá antes que a chuva caísse.

Mas não houve tempestade. A noite veio, escura e opressiva, sem que chovesse, e Laura dormiu inquieta. De repente, acordou com um clarão. Ma estava ao lado da cama, com uma lamparina. Ela sacudia Laura pelos ombros.

– Depressa! Levante-se, ajude Carrie a pegar as roupas dela e venha! Pa disse que uma tempestade feia está vindo.

Laura e Carrie pegaram suas roupas e seguiram Ma, que havia pego Grace, as roupas dela e um cobertor, e corria para o porão.

– Venham, meninas, depressa. Venham! – Ma insistiu. Elas desceram rapidamente para o pequeno porão sob a cozinha.

– Onde está Pa? – Laura perguntou.

Ma apagou a lamparina.

– Lá fora, vendo as nuvens. Pode vir depressa, agora que estamos fora de seu caminho.

– Por que apagou a lamparina, Ma? – Grace perguntou, quase chorando.

– Vistam-se o mais rápido possível, meninas – Ma disse. – Não podemos deixar a lamparina acesa, Grace. Poderia haver um incêndio.

Elas podiam ouvir o vento rugindo, em um tom estranho e selvagem. Raios clareavam a escuridão. A cozinha acima pareceu mais clara do que o fogo por um instante, então a escuridão ficou ainda mais negra, parecendo pressionar os olhos delas.

Ma vestiu Grace enquanto Laura e Carrie, de alguma forma, se vestiam também. Então todas se sentaram no chão de terra, encostadas na parede, e esperaram.

Laura sabia que estavam a salvo no porão, mas não gostava de ficar fechada, no subterrâneo. Queria sair ao vento com Pa e observar a tempestade. O vento rugia. Seus olhos sofriam o ataque da luz e da escuridão quando os raios caíam. O relógio da cozinha deu uma hora, alheio à tempestade.

Um longo tempo pareceu se passar até que a voz de Pa soou na escuridão.

– Podem subir agora, Caroline. A tempestade passou a oeste, entre a propriedade e as colinas Wessington.

– Ah, Pa, não passou pela casa do reverendo Brown, foi? – Laura perguntou agoniada.

– Não. Duvido que esta casa teria suportado se tivesse chegado assim perto – Pa respondeu.

Com dores e frio por ficarem sentadas desconfortavelmente por tanto tempo no porão gelado, elas voltaram para a cama, cansadas.

O tempo ficou quente durante todo o mês de agosto, e houve muitas tempestades. Várias vezes, Ma despertou Laura e Carrie no meio da noite para descer ao porão com ela e com Grace, enquanto Pa observava as nuvens. O vento soprava com uma força terrível, mas se mantinha reto. A oeste era sempre pior.

Por mais medo que tivesse naquelas noites, Laura sentia um estranho prazer na força selvagem do vento, na beleza terrível dos raios e trovões.

Pela manhã, estavam todos sempre cansados, com os olhos pesados. Uma vez, Pa disse:

– Parece que sempre precisamos ter algum tipo de tempestade. Quando não temos nevascas no inverno, temos ciclones e tempestades elétricas no verão.

– Não podemos fazer nada a respeito, só aceitar – disse Ma.

Pa se levantou da mesa, espreguiçou e bocejou.

– Bem, posso recuperar o sono atrasado quando a estação dos ciclones passar. No momento, preciso cortar a aveia – ele disse, e saiu para trabalhar.

Pa estava cortando a aveia e o trigo com sua velha foice. Uma máquina custava mais do que podia pagar, e ele não queria ficar endividado.

– Hipotecar todas as posses para comprar uma máquina de duzentos dólares e pagar dez por cento de juros sobre a dívida acaba arruinando qualquer homem – ele disse. – Os jovens impetuosos que se endividem para comprar máquinas que permitam usar todo o terreno. Já eu vou deixar a grama crescer e criar gado.

Depois que havia vendido a bezerra mais velha para que Mary pudesse ir para a faculdade, Pa tinha comprado outra vaca. A bezerra mais nova de Ellen havia crescido, assim como os outros bezerros, e agora ele tinha seis vacas e novilhos, além dos bezerros daquele ano, portanto precisava de bastante grama e feno.

No último domingo de agosto, Almanzo chegou apenas com Barnum. O cavalo empinou, mas Laura foi rápida: quando suas patas voltaram a tocar o chão, ela já estava a salvo na carroça.

Quando Barnum estava quase chegando à cidade e passou a trotar, Almanzo se explicou.

– Quero ensiná-lo a andar sozinho. Ele é tão grande, tão forte e tão bonito que valerá mais sozinho que em uma parelha. Só que ainda precisa melhorar na partida.

– Ele é mesmo lindo – Laura concordou. – E acho que é bem bonzinho. Deixe que eu conduza. Quero ver se consigo.

Almanzo pareceu em dúvida, mas entregou as rédeas.

– Segure firme – ele disse. – Não deixe que ele comande.

Laura nunca havia percebido como suas mãos eram pequenas. Pareciam minúsculas segurando as faixas de couro, mas ela era forte. Virou a esquina do estábulo de aluguel e seguiu pela rua principal, com Barnum trotando tão rápido quanto possível.

– Você viu as pessoas se virando para olhar? – perguntou Almanzo. – Acho que não esperavam ver uma mulher conduzindo esse cavalo.

Laura não via nada além de Barnum. Ela atravessou os trilhos do trem e chegou à parte nova da cidade. Mas seus braços se cansaram, e um pouco adiante Laura devolveu as rédeas a Almanzo.

– Quando meus braços estiverem descansados, quero tentar de novo – ela disse.

– Claro. Você pode conduzir quanto quiser – ele prometeu. – Assim, meus braços têm um descanso também.

Quando Laura voltou a pegar as rédeas, pareceram vivas. Era como se através delas sentisse a boca de Barnum. Uma espécie de eletricidade subia pelas rédeas até suas mãos.

– Parece que Barnum sabe que estou dirigindo – ela disse, surpresa.

– Claro que sabe. Ele não puxa tão forte. Veja! – Almanzo pegou as rédeas. Elas ficaram mais rígidas no mesmo instante, quase esticando.

– Comigo, ele puxa mais – Almanzo disse; depois, mudou de assunto abruptamente: – Sabia que seu antigo professor, Clewett, vai abrir uma escola de canto?

Laura não sabia. Almanzo prosseguiu:

– Gostaria que fosse comigo, se for de seu agrado.

– Eu adoraria – ela disse.

– Certo, então, na sexta à noite. Busco você às sete. Almanzo retomou o assunto anterior: – Ele precisa aprender a andar. Nunca faz isso quando é atrelado. Parece pensar que, se continuar correndo, uma hora vai se livrar da carroça.

– Deixe que eu conduza de novo – Laura pediu. Ela adorava sentir a boca de Barnum através das rédeas. Era verdade que o cavalo não puxava tanto quando era Laura quem conduzia. – Ele é bonzinho – Laura repetiu, embora soubesse que sempre tentava fugir.

A tarde toda, Laura se revezou com Almanzo nas rédeas. Antes de parar para que ela descesse na porta de casa, ele a lembrou:

– Sexta-feira, às sete da noite. Vou estar só com Barnum, e ele pode dar trabalho, então esteja pronta.

A escola de canto

As aulas voltaram no dia seguinte, na nova construção de tijolos na rua Três. Tinha dois andares e dois professores. As crianças mais novas ficavam embaixo, e as mais velhas, em cima.

Laura e Carrie estavam na turma de cima. A sala parecia estranhamente grande e vazia sem as crianças mais novas. Ao mesmo tempo, quase todas as carteiras estavam ocupadas por meninos e meninas que elas não conheciam. Havia apenas algumas vazias, que seriam ocupadas quando fizesse frio demais para o trabalho na fazenda e os meninos mais velhos voltassem às aulas.

Durante o recreio, Ida e Laura ficaram à janela do andar de cima, vendo as crianças brincarem lá fora e conversando com Mary Power e Minnie Johnson. Ida e Elmer também iriam à escola de canto na sexta à noite, assim como Minnie e seu irmão, Arthur, e Mary Power e seu novo namorado, Ed.

– Por que será que Nellie Oleson não veio à escola? – Laura perguntou.

– Ah, não ficou sabendo? – Ida disse. – Ela voltou para Nova York.

– É mesmo?

– Sim. Ela voltou para ficar com parentes. E sabe o que eu acho? Que ela fica falando o tempo todo sobre como é maravilhoso aqui no Oeste! – Ida disse, rindo e fazendo todas rirem.

Uma das meninas novas estava sentada sozinha em meio às carteiras vazias. Era muito loira, alta e magra, e parecia infeliz. De repente, Laura soube como se sentia. Todas estavam se divertindo muito, e ali estava ela, deslocada, solitária e tímida, como ela costumava se sentir.

– Aquela menina parece simpática e solitária – Laura disse em tom baixo. – Vou falar com ela.

O nome da nova aluna era Florence Wilkins. Seu pai tinha uma propriedade a noroeste da cidade, e ela pretendia ser professora. Fazia pouco que Laura tinha se sentado para conversar com ela quando as outras meninas saíram da janela e se reuniram em volta das duas. Florence não iria à escola de canto. Morava longe demais.

Na sexta à noite, quando Almanzo chegou, às sete, Laura já estava esperando, com seu vestido de popelina marrom e o chapéu de veludo marrom. Barnum parou e Laura entrou na carroça tão depressa que Almanzo conseguiu fazer com que o cavalo saísse antes que tivesse tempo de empinar.

– Foi a primeira vez – ele falou. – Ele está mais lento ao empinar. Talvez acabe se esquecendo de fazer isso.

– Talvez – Laura disse, mas duvidava. – "Talvez as abelhas não voem em setembro."

A aula de canto aconteceria na igreja. Quando se aproximaram da cidade, Almanzo disse que era melhor saírem um pouco antes dos outros, porque a multidão poderia deixar Barnum agitado.

– Quando achar que está na hora, saia e venho junto – Laura disse.

Almanzo amarrou Barnum em um poste e entrou com Laura na igreja iluminada. Ele já havia pago pelos dois e comprou um livro de canto. A turma já estava lá, e o senhor Clewett fazia com que todos se sentassem. Ele separou contrabaixos, tenores, sopranos e altos em grupos diferentes.

Então o professor ensinou os nomes e valores das notas, fermatas, ligaduras e pausas, e as claves de fá, dó e sol. Fez-se um curto intervalo, e baixos, altos, tenores e sopranos se misturaram, conversando e rindo, até que o senhor Clewett pediu que voltassem a seus lugares.

Eles treinaram cantar as escalas. O professor deu o tom com seu diapasão repetidas vezes. Quando quase todos eles conseguiam produzir quase que a mesma nota, começaram a subir e descer a escala, cantando:

– Dó, ré, mi, fá, sol, lá, si, dó!

Eles subiam e desciam, subiam e desciam, às vezes acertando as notas e às vezes não, mas sempre com boa vontade. Laura estava sentada na ponta de um banco, esperando por um sinal de Almanzo. Quando ele foi em silêncio para a porta, ela o seguiu.

Enquanto seguiam até a carroça, ele disse:

– Ajudo você a subir antes de desamarrar o cavalo. Ele provavelmente vai empinar assim que eu o fizer, mas não antes, se você pegar as rédeas. Segure bem, mas não agite antes que ele saia. Vou tentar subir antes que Barnum desça, mas, se não conseguir, mantenha o controle. Deixe que ele corra, mas não que fuja. Dê a volta na igreja e volte para me pegar. Não tenha medo, você consegue. Já conseguiu, não é?

Laura pensou que nunca o havia conduzido de saída, mas não disse nada. Subiu depressa na carroça e pegou as rédeas. Segurou firme, mas sem agitá-las.

Almanzo desamarrou Barnum. No instante em que sua cabeça ficou livre, o cavalo empinou. Ele subiu até ficar quase ereto nas patas de trás, então desceu e saiu, antes que Laura conseguisse respirar. As rodas da carroça deixaram o chão quando o cavalo a puxou com um solavanco.

Laura segurou as rédeas com firmeza. Barnum corria para a pradaria aberta, além da igreja. Ela puxou mais forte com o braço direito do que com o esquerdo, e para sua alegria Barnum virou naquela direção. O cavalo fez a volta, em um círculo perfeito, com a igreja no meio. Quando chegou a hora, Laura puxou os dois lados com a mesma força, mas Barnum não parou. Eles passaram correndo por Almanzo, que continuava de pé ao lado do poste.

O coração de Laura pulou junto com Barnum, subindo até a garganta e quase a sufocando. Eles estavam de volta à pradaria. Ela puxou com mais força a mão direita, e de novo Barnum virou. Rapidamente, o outro lado da igreja vinha em sua direção, e Laura passou a puxar igualmente dos dois lados. Barnum quase parou; então, com um salto, voltou a correr.

Dessa vez, o coração de Laura ficou no lugar. Ela puxou com o braço direito e Barnum fez a curva. Eles contornaram a igreja e Laura se levantou um pouco do assento para puxar com toda a força. Barnum parou. Empinou um pouco, saltou e saiu em disparada.

Pode correr, Laura pensou. Ela o segurava firme, guiando-o em volta da pradaria. De novo, levantou-se um pouco e puxou com toda a sua força. Daquela vez, Almanzo conseguiu entrar. Assim que o fez, as portas da igreja se abriram. Os alunos saíram e alguém gritou:

– Precisam de ajuda?

Barnum empinou e voltou a correr.

As mãos de Almanzo se fecharam nas rédeas, e Laura as soltou. Ficava feliz em ceder a condução.

– Bem na hora – ele disse. – Nunca teríamos conseguido em meio à multidão. Foi demais para você?

Laura estava tremendo. Seus dedos estavam dormentes e ela tinha dificuldade de impedir os dentes de bater, por isso disse apenas:

– Ah, não.

Por um momento, Almanzo falou com Barnum, que logo passou a trotar. Então Laura disse:

– Barnum não se comportou mal. Só estava entediado depois de tanto tempo parado.

– Ele se comportou como um maluco – Almanzo disse. – Dá próxima vez, é melhor irmos embora no intervalo. Vamos voltar pelo caminho mais longo. É uma bela noite para um passeio.

Almanzo conduziu o cavalo até a estrada que cruzava a extremidade oeste do Grande Charco. O vento agitava suavemente as gramíneas e acima da terra escura miríades de estrelas enormes tremeluziam.

Barnum continuou trotando, tranquilo, como se também desfrutasse da quietude da noite e das estrelas no céu.

Almanzo falou baixo:

– Acho que nunca vi estrelas tão brilhantes.

Então Laura começou a cantar, suavemente:

À luz das estrelas, à luz das estrelas
Vagaremos alegres pela terra sem fim
Pois não há nada no mundo
Tão caro a você e a mim
Como uma fada nas sombras
Que em belos bosques se deita
Cantaremos as canções mais doces
Pois para a música a noite foi feita.
Quando não houver ninguém para ouvir
Ou para repreender a você e a mim
À luz das estrelas, à luz das estrelas
Vagaremos alegres pela terra sem fim.

Barnum parou à porta e ficou ali enquanto Laura descia. Almanzo disse:

– Voltarei no sábado à tarde.

– Estarei pronta – Laura disse, então entrou.

Pa e Ma estavam esperando por ela. Ma soltou um suspiro de alívio e Pa perguntou:

– Aquele cavalo endiabrado do Wilder cavalgou bem esta noite?

– É um cavalo bonzinho – disse Laura. – Ficou parado enquanto eu descia. Gosto dele.

Ma ficou satisfeita, mas os olhos de Pa se mantiveram fixos nela. Não era mentira. Laura havia falado a verdade. Mas não podia contar a eles que havia conduzido Barnum, porque ficariam preocupados e talvez a proibissem de fazê-lo outra vez. Laura pretendia fazê-lo. Quando ela e Barnum se acostumassem um com o outro, talvez, apenas talvez, Laura fosse capaz de fazer com que se comportasse direito.

Barnum começa a andar

No domingo seguinte, Barnum se comportou mal como nunca. Ele se recusava a ficar parado, e Laura teve que esperar que o cavalo passasse uma terceira vez para poder entrar na carroça. Então ele empinou e tentou sair correndo, puxando tanto que depois de um tempo Almanzo disse:

– Ele continua brigando com os freios e meus braços.

– Posso tentar – Laura ofereceu. – Assim você descansa os braços.

– Está bem – Almanzo concordou. – Por um minuto. Mas você vai ter que segurar bem forte.

Ele soltou as rédeas depois que Laura as segurou com firmeza. Os braços dela sentiram a força do puxão do cavalo, que parecia fluir pelas rédeas com a energia que Laura havia sentido antes. *Ah, Barnum!,* Laura implorou, em silêncio. *Por favor, não puxe tão forte, quero tanto conduzir você.*

O cavalo sentiu a mudança de condutor e esticou o pescoço um pouco mais, então começou a desacelerar. Ele virou a esquina e passou a andar.

Barnum estava andando. Almanzo ficou em silêncio enquanto Laura mal respirava. Pouco a pouco, ela abrandou a pegada nas rédeas. Barnum continuou andando. O cavalo selvagem, o fugitivo, que nunca havia andado atrelado a uma carroça, percorreu toda a extensão da rua principal andando. Duas vezes ele sentiu o freio na boca, viu que estava de seu agrado e seguiu andando orgulhoso, com o pescoço arqueado.

Almanzo disse, baixo:

– É melhor segurar um pouco mais firme, para que ele não salte.

– Não. Vou deixar que siga assim. Acho que ele gosta.

Todos paravam para olhar na rua. Laura não gostava de chamar atenção, mas sabia que não podia ficar nervosa. Tinha que se manter calma para que Barnum continuasse andando.

– Eu preferiria que não ficassem me encarando – ela quase sussurrou, olhando para as orelhas plácidas do cavalo.

Almanzo respondeu, também baixo:

– Estavam todos esperando que ele fosse sair correndo. É melhor não deixar que ande até que comece a trotar sozinho. Aperte as rédeas e diga para Barnum ir. Assim ele vai entender que passou a trotar porque você quis.

– Pode pegar – Laura ofereceu. Sentia-se um pouco tonta de emoção.

Almanzo pegou as rédeas. Ao seu comando, Barnum trotou.

– Ora, quem diria? Como você fez isso? – ele perguntou então. – Estou tentando fazer com que ele ande desde que o peguei. O que fez?

– Não fiz nada – Laura disse. – Ele é mesmo um cavalo bonzinho.

No restante da tarde, Barnum caminhou ou trotou quando ordenado. Almanzo se gabou:

– Agora este cavalo será como um cordeirinho.

Mas ele se enganou. Na sexta à noite, Barnum se recusou a parar. Quando Laura finalmente conseguiu entrar na carroça, Almanzo a lembrou de que precisariam sair da aula de música no intervalo. Embora o cavalo não tivesse passado tanto tempo amarrado quanto na semana anterior, estava tão temperamental que Laura ficou dando voltas com ele quase até o fim da aula.

Laura adorava a escola de canto. Tinham evoluído de cantar escalas a modular as vozes. O senhor Clewett passara um exercício simples, o primeiro do livro. Ele deu o tom com o diapasão repetidas vezes, até que todas as vozes soassem igual. Então todos cantaram:

Nosso barco navega alegremente
Sobre a onda azul e cintilante.

Quando já estavam cantando bem aquela música, aprenderam uma sobre a grama:

Ao redor da porta aberta
Para ricos e pobres sorrindo
Aqui vou eu! Aqui vou eu!
Em toda parte surgindo.

Então, começaram a se revezar:

Três ratos cegos, veja como correm,
Estão todos atrás da mulher do fazendeiro
Que corta seu rabo com faca de açougueiro
Três ratos cegos, veja como correm
Estão todos atrás...

Baixos perseguiam tenores, que perseguiam altos, que perseguiam sopranos sem parar, até que todos se perderam e se exauriram de tanto rir. Era muito divertido. Laura aguentava mais que os outros, porque Pa havia ensinado "Três ratos cegos" a ela, Carrie e Grace muito tempo antes.

Barnum andava tão bonzinho que Laura e Almanzo agora podiam ficar até o fim. No intervalo, ele e os outros jovens tiravam sacos de papel listrado com doces de dentro do bolso do casaco e passavam para as moças. Eram balas listradas em branco e vermelho, balas de limão, de hortelã e de marroio[6]. A caminho de casa, Laura cantava:

---

[6] Planta medicinal que pode ser de grande ajuda no alívio nos sintomas de problemas respiratórios, como asma e bronquite. Nativa de Portugal, também é chamada de hortelã-da-folha-grossa e hortelã--grande. Não confundir com hortelã. (N.T)

164

Como as alegrias da infância são
Ficar no balanço diante do portão
Encher a boca de doce
Até que no céu dela roce
Embora deva me comportar
Prefiro ir à escola cantar.

– Foi por isso que achei que gostaria das aulas – Almanzo disse. – Você está sempre cantando.

A cada sexta-feira, a turma avançava mais no livro. Na última noite, eles cantaram um hino até o fim, da página cento e quarenta e quatro: "Os céus declaram a glória".

Foi o fim da escola de canto. Não teriam mais aquelas noites alegres.

Barnum já não empinava e saltava. Saía depressa, com um pulinho, em um trote suave. O ar já estava esfriando com a chegada do inverno. As estrelas brilhavam baixas. Olhando para elas, Laura voltou a cantar o hino:

Os céus declaram a glória de Deus
O firmamento revela sua obra
Dia a dia, as palavras proferidas
Noite a noite, o conhecimento mostrado
Não há discurso ou linguagem
Quando a voz não é ouvida.

O único som era o dos cascos de Barnum enquanto andava pela estrada em meio às gramíneas da pradaria.

– Cante a música das estrelas – Almanzo pediu, e Laura cantou, baixo:

À luz das estrelas, à luz das estrelas
Quando o dia está se encerrando
E sua última canção de amor
O rouxinol está cantando

Quando a brisa sopra suave
Na noite calma e clara de verão
Da luz de nossa morada
Fugiremos sem sermão
Onde as águas murmuram
Tanto para você quanto para mim
À luz das estrelas, à luz das estrelas
Vagaremos alegres pela terra sem fim.

O silêncio voltou a cair, sem ser interrompido até que Barnum, por vontade própria, virasse para o norte na direção da casa. Então, Laura disse:

– Cantei para você, agora quero saber no que está pensando.

– Eu me perguntava... – Almanzo começou a falar, então parou e pegou a mão de Laura, que brilhava branca ao luar, em sua mão queimada de sol e a fechou em torno dela com delicadeza. Ele nunca havia feito aquilo. – Sua mão é tão pequena. – Houve outra pausa, então Almanzo concluiu, falando rápido: – Eu estava me perguntando se você gostaria de receber um anel de compromisso.

– Dependeria de quem me oferecesse – Laura disse a ele.

– Se eu oferecesse.

– Então dependeria do anel – Laura respondeu, puxando a mão de volta.

No domingo, Almanzo chegou mais tarde do que de costume.

– Desculpe o atraso – ele disse, enquanto Laura se acomodava na carroça e o cavalo partia.

– Podemos fazer um passeio mais curto – Laura disse.

– Mas precisamos ir até o lago Henry. Talvez seja a última chance de comer uvas antes que congelem – Almanzo disse a ela.

Era uma tarde ensolarada, quente para a época do ano. De ambos os lados da estrada estreita entre os lagos gêmeos, uvas maduras pendiam das vinhas. Almanzo conduzia devagar, e ele e Laura se esticavam de dentro da carroça para pegá-las. Desfrutavam daquela doçura enquanto viam a água ondular e ouviam as ondas batendo nas margens.

Enquanto voltavam para casa, o sol se punha em meio ao céu flamejante a oeste. O crepúsculo caiu sobre a pradaria, e o vento do fim de tarde soprava suave.

Então, conduzindo com uma única mão, Almanzo pegou a de Laura e ela sentiu algo gelado deslizando por seu dedo indicador enquanto ele a lembrava:

– Você disse que aceitaria dependendo do anel. O que acha deste?

Laura sustentou a mão erguida sob a lua nova. O ouro do anel e seu conjunto oval plano no meio brilharam sob o luar fraco. Três pequenas pedras cintilavam.

– É uma granada, com uma pérola de cada lado – disse Almanzo.

– É um lindo anel – Laura disse. – Acho que... gostaria de ficar com ele.

– Pode ficar. É seu. No próximo verão vou construir uma casinha em meio às árvores da minha segunda propriedade. Vai ter que ser pequena. Você se importa?

– Sempre vivi em casas pequenas. Gosto delas – Laura disse.

Eles estavam quase chegando. A lamparina estava acesa e Pa tocava a rabeca. Laura reconheceu a música, uma que ele cantava com frequência para Ma. Ela o ouviu cantar:

Um belo castelo construí para ti
Em uma terra distante dos sonhos
Venha morar comigo ali, querida
Onde só o amor domina
Oh, doces serão nossas felicidades,
Oh, doces serão nossas bênçãos
Contaremos nosso tempo pelo carrilhão dos amantes
Que marca a hora com beijos.

Barnum permaneceu quieto enquanto Laura e Almanzo ouviam Pa terminar de cantar, parados ao lado da carroça. Então, Laura ergueu o rosto ao luar fraco.

– Pode me dar um beijo de boa-noite – ela disse, e depois do primeiro beijo dos dois Laura entrou e Almanzo foi embora.

Pa havia acabado de guardar a rabeca. Ele olhou para a mão dela e para o anel que refletia a luz da lamparina.

– Então está tudo acertado – ele disse. – Almanzo conversou comigo ontem e achei que não havia problema.

– Desde que você esteja segura, Laura – Ma disse, doce. – Às vezes acho que você gosta mais dos cavalos do que do dono deles.

– Eu não poderia ter um sem o outro – Laura respondeu, trêmula.

Então Ma sorriu para ela, Pa pigarreou e Laura soube que eles haviam entendido o que ela era tímida demais para dizer.

Almanzo vai embora

Mesmo em casa, Laura sentia que o anel chamava atenção demais. A sensação no dedo indicador era estranha, e as pedras estavam sempre refletindo a luz. Várias vezes a caminho da escola, na manhã seguinte, ela quase o tirou e amarrou ao lenço por segurança. Mas, se estava noiva, aquilo não podia ser mantido em segredo.

Laura não se importou quando quase chegou atrasada à escola. Mal teve tempo de se sentar ao lado de Ida antes que o senhor Owen pedisse ordem. Ela abriu um livro para esconder a mão esquerda. Quando estava começando a estudar, um brilho chamou sua atenção.

A mão esquerda de Ida descansava sobre a carteira, e Laura não teria como não ver o anel de ouro cintilando no dedo indicador da amiga.

Os olhos de Laura foram do anel para o rosto corado e sorridente de Ida, e para seus olhos tímidos, então ela quebrou uma regra da escola e sussurrou:

– Elmer?

Ida ficou ainda mais vermelha e assentiu. Então, sob a carteira, Laura lhe mostrou sua mão esquerda.

Mary Power, Florence e Minnie mal aguentaram esperar até o recreio para abordá-las e admirar os anéis.

– Mas sinto muito que os tenham recebido – Mary Power disse –, porque imagino que agora vão deixar a escola.

– Eu não – Ida garantiu. – Vou continuar estudando neste inverno, pelo menos.

– Eu também. Quero tirar outro certificado na primavera – Laura disse.

– Você vai dar aula no próximo verão? – Florence perguntou.

– Se conseguir uma escola – Laura respondeu.

– Posso dar aula na escola do nosso distrito, se conseguir um certificado – Florence disse. – Mas tenho medo das provas.

– Ah, você vai passar – Laura a encorajou. – Não são nada demais. É só não se confundir a ponto de esquecer o que sabe.

– Bem, não estou noiva, nem quero ser professora – disse Mary Power. – E quanto a você, Ida? Pretende lecionar por um tempo?

Ida riu.

– Ah, não! Nunca quis ser professora. Prefiro cuidar da casa. Por que acham que ganhei este anel?

Todas riram com ela, e Minnie perguntou:

– E você, como ganhou seu anel, Laura? Quer cuidar da casa também?

– Ah, sim – Laura respondeu. – Mas Almanzo precisará construí-la primeiro.

Então o sino soou, anunciando o fim do recreio.

Não havia mais aulas de canto na escola, por isso Laura não esperava ver Almanzo antes de domingo. Ela ficou surpresa quando Pa lhe perguntou na quarta à noite se havia se encontrado com ele.

– Eu o vi no ferreiro – Pa disse. – Almanzo disse que tentaria ver você depois da aula, mas pediu que, caso não conseguisse, eu a avisasse que ele e Royal vão para Minnesota no domingo. Algo aconteceu, e Royal vai precisar voltar antes do esperado.

Laura ficou chocada. Sabia que Almanzo e o irmão tinham intenção de passar o inverno com a família em Minnesota, mas não que aquilo aconteceria tão cedo. Era estranho que o padrão habitual dos dias pudesse ser perturbado tão de repente. Não haveria mais passeios de domingo.

– Talvez seja melhor – ela disse. – Assim, chegarão a Minnesota antes da neve.

– Sim, provavelmente eles encontrarão tempo bom na viagem – Pa concordou. – Eu disse a ele que cuidaria de Lady enquanto ficam fora. Ele vai deixar a carroça aqui e disse que você pode ficar à vontade para andar nela o quanto quiser.

– Ah, Laura, pode me levar para passear? – Carrie pediu.

– Eu também, Laura! – Grace gritou. – Eu também!

Laura prometeu que o faria, mas o resto da semana pareceu estranhamente vazio. Não havia se dado conta de que passava a semana esperando pelos passeios de domingo.

Almanzo e seu irmão apareceram no domingo logo cedo. Royal conduzia sua própria parelha, atrelada a sua carroça. Almanzo levava Lady, atrelada a sua carroça de passeio reluzente. Pa saiu do estábulo para recebê--los, e Almanzo guardou a carroça no abrigo, então desatrelou Lady e a levou até o estábulo.

Depois, deixou Pa e Royal conversando e foi até a porta da cozinha. Disse a Ma que não podia ficar, mas que gostaria de falar com Laura um momento.

Ma o levou até a sala. Quando Laura, que estava afofando as almofadas do assento sob a janela, se virou, sua mão cintilou à luz da manhã.

Almanzo sorriu.

– Esse anel ficou bonito em sua mão.

Laura virou a mão sob o sol. O ouro brilhava e a granada também, entre as duas pérolas lustrosas.

– É lindo – ela disse.

– Assim como a mão – Almanzo falou. – Imagino que seu pai tenha lhe dito que Royal e eu precisamos ir mais cedo do que esperávamos. Ele decidiu passar por Iowa, portanto vamos sair agora. Eu trouxe Lady e a carroça, para que você use quando quiser.

– Onde está Prince? – Laura perguntou.

– Um vizinho vai cuidar dele e do potro, Cap vai ficar com Barnum e Skip. Vou precisar dos quatro na primavera.

Um assobio soou lá fora.

– Royal está me chamando. Dê-me um beijo de despedida e já vou – Almanzo pediu.

Eles deram um beijo rápido, depois o acompanhou até a porta e ficou assistindo a Almanzo e o irmão se afastarem. Ela se sentia triste e deixada para trás. Então Carrie lhe perguntou, tão séria que Laura teve que sorrir:

– Vai se sentir solitária?

– Não, não vou me sentir solitária – ela respondeu, firme. – Depois do almoço, vou atrelar Lady e levar você para dar uma volta.

Pa entrou e foi direto para o fogão.

– Já está começando a esfriar – ele disse. – Caroline, o que acha de passar o inverno todo aqui, em vez de ir para a cidade? Estive pensando: acho que posso alugar a casa durante o inverno, e assim seria possível fazer o acabamento desta. Talvez até pintar.

– Seria um belo ganho, Charles – Ma disse na mesma hora.

– Além do mais, temos tantos animais agora que daria muito trabalho levar tanto feno e forragem. Com o acabamento externo e um bom papel de construção[7] grosso por dentro, ficaremos confortáveis aqui. Podemos colocar o aquecedor na sala e estocar carvão. Temos um porão cheio de vegetais da horta e abóboras. Mesmo que seja um inverno duro e eu não possa ir à cidade com muita frequência, não vamos precisar nos preocupar com passar fome ou frio.

– Isso é verdade – Ma disse. – Mas, Charles, as meninas precisam estudar, e é uma caminhada longa demais para fazer no inverno. Uma nevasca pode cair.

– Eu levo e busco – Pa prometeu. – É só um quilômetro e meio. Quero ficar aqui, não será um problema. Será bom não precisar fazer mudança.

Antes que a neve começasse a cair, tudo estava ajeitado. Com o acabamento externo, agora se tratava de fato de uma casa, e não de uma cabana

---

[7] O papel de construção, também chamado de papel de embrulho, é um papel resistente e fibroso que bloqueia a entrada de água e umidade por fora, mas permite que o ar úmido passe por dentro, evitando o acúmulo de umidade dentro das paredes que pode levar ao mofo. (N.T.)

temporária. Dentro, papel de construção grosso e cinza cobria as paredes de tábuas de pinheiro, que haviam ficado escuras com o tempo. O papel deixava os cômodos mais claros, e as cortinas de musselina engomadas contribuíam para a aparência geral.

Quando a neve começou a cair, Pa colocou a boleia sobre as lâminas do trenó e cobriu de feno. Nos dias de aula, Laura e Carrie, com Grace entre elas, sentavam-se sobre um cobertor, embrulhadas em mantas, e Pa as levava até a escola de manhã e trazia de volta para a casa aconchegante e quente ao fim do dia.

Toda tarde, ele parava no correio a caminho da escola, e uma ou duas vezes por semana havia uma carta de Almanzo para Laura. Ele havia chegado à casa do pai em Minnesota e voltaria na primavera.

A véspera de Natal

Havia uma árvore de Natal na igreja da cidade outra vez. Uma caixa de Natal havia sido mandada para Mary a tempo, e a casa estava cheia de segredos, com as meninas se escondendo umas das outras para embrulhar os presentes para colocar na árvore. Às dez da manhã da véspera de Natal, a neve começou a cair.

Ainda parecia que eles conseguiriam ir ver a árvore. Durante toda a tarde Grace ficou olhando pela janela, e uma ou duas vezes o vento acalmou. Na hora do jantar, no entanto, ele uivava nos beirais, e uma neve densa caía.

– É perigoso demais – Pa disse.

O vento se mantinha reto e estável, mas não dava para saber com certeza: poderia se transformar em nevasca enquanto estivessem na igreja.

Eles não haviam feito planos para passar a véspera de Natal em casa, por isso precisaram correr. Laura fez pipoca na chaleira de ferro colocada sobre uma tampa do fogão. Primeiro, colocou um punhado de sal; depois, quando estava quente, um punhado de milho. Com uma colher de cabo comprido, ela mexeu com uma mão, enquanto com a outra mantinha a tampa por perto para impedir a pipoca de sair voando. Quando o milho parou de estourar, Laura acrescentou outro punhado e voltou a mexer, mas agora não precisava mais da tampa, porque a pipoca ficava em cima e impedia o milho embaixo de pular para fora.

Ma ferveu melaço. Quando a chaleira de Laura estava cheia de pipoca, Ma colocou um pouco em uma panela grande e despejou melaço quente por cima, depois untou as mãos com manteiga e fez bolas de pipoca, apertando. Laura continuou fazendo pipoca enquanto Ma moldava as bolas, até que a assadeira grande ficou cheia daquele doce crocante.

Na sala, Carrie e Grace fizeram saquinhos com o tule cor-de-rosa que havia sobrado quando a porta de tela fora feita, no verão anterior. Elas encheram os saquinhos com doces que Pa havia trazido da cidade naquela semana.

– Ainda bem que achei que íamos querer mais doces do que aqueles que provavelmente ganharíamos da árvore de Natal – Pa comentou.

– Ah! Fizemos um saquinho a mais – Carrie percebeu. – Grace contou errado.

– Não contei, não – Grace exclamou.

– Grace! – Ma a repreendeu.

– Não estou retrucando!

– Grace – disse Pa.

Ela engoliu em seco.

– Pa, eu não contei errado. Sei contar até cinco! Mas havia doces o bastante para mais um, e eles ficam bonitos nos saquinhos cor-de-rosa.

– Sim, e é bom ter um de sobra. Nem sempre tivemos essa sorte – Pa disse a ela.

Laura se lembrou do Natal que haviam passado no território indígena, perto do rio Verdigris, quando o senhor Edwards havia caminhado tantos quilômetros para levar doces para ela e Mary. Onde quer que ele estivesse naquela noite, Laura lhe desejou tanta felicidade quanto aquele homem lhes dera. Ela também se lembrou da véspera de Natal no riacho Plum, em Minnesota, quando Pa se perdeu na nevasca e elas tinham ficado com medo de que nunca voltasse. Ele havia comido os doces de Natal ao longo dos três dias que passara abrigado sob a margem do rio. Agora, ali estavam eles, naquela casa aconchegante, com muitos doces e outras coisas boas.

No entanto Laura queria que Mary estivesse ali e precisava se esforçar para não pensar em Almanzo. Logo depois que ele fora embora, suas cartas eram frequentes, mas haviam se tornado mais espaçadas. Agora, fazia três semanas que nenhuma carta chegava. Ele estava em casa, com seus velhos amigos e com as garotas que conhecia da infância, Laura pensou. A primavera ainda levaria quatro meses para chegar. Talvez ele a esquecesse, ou chegasse a desejar não lhe ter dado aquele anel que cintilava em seu dedo.

Pa interrompeu seus pensamentos.

– Traga a rabeca, Laura. Vamos tocar um pouco de música antes de começar a comer.

Ela levou o estojo até ele, que afinou o instrumento e passou resina no arco com todo cuidado.

– O que devo tocar?

– Toque a música de Mary primeiro – Laura sugeriu. – Talvez ela esteja pensando em nós.

Pa passou o arco pelas cordas e começou a cantar, com o violino:

O castelo de Montgomery
E as colinas e riachos em volta
Com suas águas sempre claras
E os bosques e as flores de bergamota
Ali o verão se revela primeiro
E é onde mais demora a despedida
Por esse lugar tive que partir e deixar
Mary das Highlands, minha querida.

Uma música escocesa lembrava Pa de outra. Com a rabeca, ele cantou:

Meu coração dói, ouso dizer,
Meu coração dói por alguém
Ah! É uma noite de inverno
Tudo por causa de alguém.

Ma estava sentada na cadeira ao lado do aquecedor, Carrie e Grace se encontravam no banco sob a janela, mas Laura se movia inquieta pela sala.

A rabeca pareceu escolher uma música sozinha, que a fez se lembrar das rosas de junho. Então a música mudou e Pa começou a cantar:

Quando comandada no plano mais alto
Com hostes brilhantes cobrindo o céu
Uma estrela sozinha entre todas elas
Pode atrair o olhar do pecador errante
Ela foi minha luz, minha guia, meu tudo
Ordenou que meus pressentimentos sombrios cessassem
E através de tempestade e perigos
Guiou-me até o porto da paz
Agora, ancorado com segurança,
Meus perigos acabaram, ainda bem
Eu vou cantar, primeiro no diadema da noite
Para sempre e sempre mais
A estrela... a estrela de Belém.

Grace disse, baixo:

– A estrela de Natal.

A rabeca voltou a tocar sozinha enquanto Pa inclinava a cabeça para ouvir.

– O vento está piorando. Ainda bem que ficamos em casa.

Então a rabeca começou a rir e a voz de Pa riu junto quando ele cantou:

Ah, não se demore aí fora, John
Por que está tão tímido?
As pessoas não param de passar
E mantêm o ouvido bem aberto!
Já disseram coisas estranhas antes
Vai saber o que vão pensar
Então entre e feche a porta
Isso se quiser conversar
Entre! Entre! Entre!

Laura olhou pasma para Pa, enquanto ele cantava alto, olhando para a porta:

– Entre! Entre! Entre!

Alguém bateu à porta. Pa fez um gesto para que Laura atendesse enquanto ele terminava a música.

– Entre e feche a porta!

Uma rajada de vento trouxe rodamoinhos de neve para dentro da sala quando Laura abriu a porta, o que a cegou por um momento. Quando ela voltou a enxergar, não acreditou em seus olhos. Ali estava Almanzo, sem dizer nada, enquanto Laura segurava a porta aberta.

– Entre! – Pa disse. – Entre e feche a porta! – Tremendo, ele guardou a rabeca no estojo e foi colocar mais carvão no fogo. – O vento está mesmo de matar. E quanto à sua parelha?

– Vim com Prince e o deixei no estábulo, ao lado de Lady – Almanzo explicou, enquanto espanava a neve do casaco e o pendurava com o gorro nos chifres de búfalo polidos fixados na parede próxima à porta, e Ma se levantava da cadeira para cumprimentá-lo.

Laura foi para o outro lado do cômodo, ficar junto de Carrie e Grace. Quando Almanzo olhou para elas, Grace disse:

– Fiz um saquinho de doce a mais.

– E eu trouxe laranjas – Almanzo disse, tirando um saco de papel do bolso. – E tenho um presente com o nome de Laura nele, mas será que ela não vai falar comigo?

– Não acredito que é você – Laura murmurou. – Disse que ficaria fora o inverno todo.

– Decidi que não queria passar tanto tempo fora. Já que está falando comigo, aqui está seu presente de Natal.

– Vamos, Charles, guarde a rabeca – disse Ma. – Carrie e Grace, ajudem a trazer as bolas de pipoca.

Laura abriu o pacotinho que Almanzo lhe deu. Havia uma caixa branca dentro do papel branco. Ela tirou a tampa. Lá dentro, em um ninho de algodão fofo, havia um broche de ouro, com uma casinha diante de um pequeno lago, folhas e gramíneas gravadas na superfície.

– Ah, é lindo! – ela disse, soltando o ar. – Obrigada!

– O que acha de um agradecimento um pouco melhor? – Almanzo pediu, então a abraçou.

Laura o beijou e sussurrou:

– Fico feliz que tenha voltado.

Pa chegou da cozinha trazendo um balde de carvão, e Ma veio logo em seguida. Carrie trouxe a panela de bolas de pipoca e Grace distribuiu os saquinhos de doce.

Enquanto comiam, Almanzo contou sobre como havia viajado dias inteiros no vento frio e acampado na pradaria aberta, sem poder contar com qualquer casa ou abrigo, enquanto ele e Royal seguiam para Nebraska. Ele falou da bela capital que estavam erguendo em Omaha, das estradas enlameadas quando entraram em Iowa, onde os fazendeiros tocavam fogo no milho porque não conseguiam vendê-lo por mais de vinte e cinco centavos a saca. Contou que havia visto a capital do Estado, Des Moines, e falou dos rios inundados que tinham cruzado em Iowa e no Missouri, até se depararem com o rio Missouri e seguir para o norte.

Com histórias tão interessantes, a noite passou depressa, e logo o velho relógio bateu meia-noite.

– Feliz Natal! – Ma disse, levantando-se da cadeira.

– Feliz Natal! – todos responderam.

Almanzo colocou o casaco, o chapéu e as luvas e se despediu, então saiu no mau tempo. Os sinos do trenó soaram baixo quando ele passou, já a caminho de casa.

– Você os ouviu antes? – Laura perguntou a Pa.

– Sim, e ninguém foi mais convidado a entrar do que ele – disse Pa. – Mas acho que ele não conseguiu me ouvir com a tempestade.

– Agora andem, meninas – Ma disse. – Se não forem dormir logo, Papai Noel não vai ter como encontrar suas meias.

Na manhã seguinte, ainda teriam todas as surpresas das meias, e ao meio-dia haveria um almoço especial de Natal, com uma galinha gorda recheada e assada, dourada e suculenta. Almanzo estaria presente, porque Ma o havia convidado. O vento soprava forte, mas não uivava ou chiava como em uma nevasca, de modo que ele provavelmente conseguiria chegar.

– Ah, Laura – Carrie disse, enquanto Laura apagava a lamparina no quarto. – Não é o melhor Natal? Os Natais vão sempre ficando melhores?

– Sim – Laura respondeu. – Vão, sim.

As provas

Em meio a uma tempestade de neve em março, Laura foi com Pa para a cidade de trenó, a fim de fazer as provas para poder lecionar. Não haveria aula naquele dia, portanto Carrie e Grace tinham ficado em casa.

Havia sido um inverno agradável na propriedade, mas Laura estava feliz que a primavera fosse chegar logo. Enquanto viajava em meio aos cobertores sobre o feno, ela pensou vagamente nos domingos de inverno com a família e Almanzo na sala de estar aconchegante. Estava ansiosa para voltar a fazer longos passeios ao sol e ao vento do verão, e se perguntava se Barnum continuaria bonzinho depois de um longo inverno no estábulo.

Quando se aproximavam da escola, Pa perguntou se ela estava nervosa em relação às provas.

– Ah, não – Laura respondeu, através do véu congelado. – Tenho certeza de que consigo passar. Só queria ter a mesma certeza de que vou conseguir lecionar em uma escola de que goste.

– Você pode voltar para a escola de Perry – lembrou Pa.

– Preferiria lecionar em uma escola maior, onde me pagassem mais – Laura explicou.

– Bem – Pa disse, animado, enquanto paravam diante da escola. – Primeiro você precisa fazer as provas, e aqui estamos! Você ainda tem bastante tempo antes de precisar decidir o que fazer.

Laura perdeu a paciência consigo mesma, porque ficou com vergonha ao entrar na sala cheia de desconhecidos. Quase todas as carteiras estavam ocupadas, e a única pessoa que ela conhecia ali era Florence Wilkins. Quando tocou a mão de Florence, sobressaltou-se: estava gelada, e os lábios dela estavam brancos de nervoso. Laura ficou com tanta pena de Florence que se esqueceu de sua própria timidez.

– Estou com medo – Florence disse, com a voz trêmula e baixa. – Todos os outros são professores há tempos. As provas vão ser difíceis. Sei que não vou passar.

– *Pff!* Aposto que os outros também têm medo – Laura disse. – Não se preocupe, você vai passar. Não tenha medo. Você sempre passou em todas as provas.

Então o sino soou e Laura encarou a lista de perguntas. Florence estava certa, eram muito difíceis. Ela encarou uma depois da outra, e quando o intervalo chegou já estava cansada. Ao meio-dia, sentiu seu coração fraquejar: começou a recear que não fosse conseguir um certificado, mas continuou trabalhando com afinco até terminar. Sua última prova foi recolhida com as outras, e Pa apareceu para levá-la para casa.

– Não sei, Pa – ela disse a ele. – Foi mais difícil do que eu esperava, mas fiz o meu melhor.

– Ninguém pode fazer mais do que isso – Pa garantiu a ela.

Em casa, Ma disse que sem dúvida ficaria tudo bem.

– Não se preocupe! Nem pense a respeito até saber o resultado.

Os conselhos de Ma eram sempre bons, mas Laura tinha que repetir aquele para si mesma todo dia, quase toda hora. Ia para a cama dizendo a si mesma: *Não se preocupe.* E acordava pensando, receosa: *Talvez a carta chegue hoje.*

Na escola, Florence parecia totalmente desesperançada em relação a si mesma e a Laura também.

– Foi difícil demais – ela dizia. – Tenho certeza de que só alguns dos professores mais antigos passaram.

Uma semana se passou sem que tivessem notícias. Laura não esperava que Almanzo aparecesse naquele domingo, porque Royal estava gripado, e ele não apareceu mesmo. Ela não recebeu nenhuma carta na segunda--feira. Nem na terça.

O vento quente derreteu a neve e o sol brilhava, portanto na quarta-feira Pa não precisou buscar Laura. Ela, Carrie e Grace voltaram para casa a pé. Uma carta a esperava: Pa a havia pegado aquela manhã.

– O que diz, Ma? – Laura perguntou, deixando o casaco de lado e atravessando a sala para pegá-la.

– Ora, Laura! – Ma exclamou, surpresa. – Você sabe que eu não leria a carta de outra pessoa, assim como não a roubaria.

Com os dedos trêmulos, Laura rasgou o envelope e tirou o certificado de professora de dentro. Era um certificado intermediário.

– É melhor do que eu esperava – ela disse a Ma. – Achava que ia tirar no máximo um certificado simples. Agora só preciso ter a sorte de conseguir a escola certa!

– A pessoa faz sua própria sorte, seja ela boa ou má – foi o que Ma disse, plácida. – Não tenho dúvida de que você vai conseguir o que merece.

Laura não tinha dúvidas de que conseguiria uma escola tão boa quanto possível, mas se perguntava como faria para ter a boa sorte de conseguir aquela que queria. Quase não pensara em outra coisa à noite, e ainda estava pensando a respeito na manhã seguinte, quando Florence entrou na sala de aula e foi direto até ela.

– Você passou, Laura? – Florence perguntou.

– Sim, recebi um certificado intermediário.

– Não recebi nenhum, por isso não posso dar aula na escola perto de casa – Florence disse, séria. – Mas era sobre isso que eu queria lhe falar: você tentou me ajudar, e prefiro que você lecione lá a qualquer outra pessoa. Se quiser, meu pai disse que pode ficar com o trabalho. São três meses de aulas, começando em primeiro de abril. O salário é de trinta dólares ao mês.

Laura mal conseguiu respirar antes de dizer:

– Ah, sim! Eu quero, sim.

– Meu pai disse que se você quisesse era só ir se encontrar com ele e o conselho e assinar o contrato.

– Estarei lá amanhã à tarde – Laura disse. – Obrigada, Florence, *muito* obrigada.

– Bem, você sempre foi muito boa comigo. Fico feliz de ter a chance de retribuir – Florence respondeu.

Laura pensou no que Ma havia dito sobre a sorte de cada pessoa e pensou: *Acho que fazemos nossa própria sorte mesmo sem intenção.*

O fim da escola

Quando o último dia de aula de março acabou, Laura recolheu seus livros e os apoiou sobre a lousa. Ela olhou para aquela sala pela última vez. Nunca voltaria. Na segunda-feira seguinte, começaria a lecionar na escola de Wilkins, e em algum momento do outono seguinte ia se casar com Almanzo.

Carrie e Grace esperavam do lado de fora, mas Laura se demorou em sua mesa, sentindo um estranho aperto no coração. Ida, Mary Power e Florence voltariam à escola na semana seguinte. Carrie e Grace teriam que ir à escola sem ela a partir de então.

Com exceção da mesa do senhor Owen, a sala estava vazia agora, e Laura precisava ir. Ela pegou suas coisas e seguiu para a porta, parando apenas à mesa do professor para dizer:

– Devo me despedir. Não voltarei mais.

– Ouvi dizer que vai voltar a lecionar – o senhor Owen disse. – Sentiremos sua falta, mas esperamos recebê-la de volta no próximo outono.

– Era sobre isso que eu gostaria de falar. É uma despedida em definitivo. Vou me casar, portanto não voltarei mais.

O senhor Owen se levantou e foi de um lado a outro do estrado, nervoso.

– Sinto muito – ele disse. – Não porque vai se casar, mas por não se ter formado neste ano. Segurei você porque... por causa de um orgulho bobo. Queria que a turma toda se formasse junta, e alguns não estão prontos. Não foi justo com você. Sinto muito.

– Não importa – Laura disse. – Fico feliz em saber que poderia ter-me formado.

Eles trocaram um aperto de mãos. O senhor Owen se despediu e lhe desejou boa sorte em todas as suas empreitadas.

Enquanto descia os degraus, Laura pensou: *A última vez parece triste, mas não é. O fim de uma coisa é apenas o começo de outra.*

Depois de jantarem em casa no domingo, Almanzo e Laura atravessaram a cidade e seguiram a noroeste até Wilkins. Ficava a pouco mais de cinco quilômetros da cidade, e Barnum percorreu a distância andando. O crepúsculo se transformava em noite. Estrelas saíam na vastidão do céu e a pradaria se estendia escura e misteriosa à distância. As rodas da carroça giravam suavemente sobre a estrada.

Naquela tranquilidade, Laura começou a cantar:

> *As estrelas se movem no alto*
> *Embaixo a terra se move também*
> *Podemos sentir o chacoalhar da roda*
> *Girando à medida que avançamos*
> *Por isso, sigam, bravos rapazes,*
> *Façam o eixo girar!*
> *Por que as rodas não devem girar*
> *Como os planetas no céu?*

Almanzo deu risada.

– Suas músicas são como as de seu pai: sempre muito apropriadas.

– É um poema – Laura disse a ele. – Mas pareceu se encaixar com as estrelas e as rodas da carroça.

– Só tem um problema: as rodas da minha carroça nunca chacoalham. Eu as mantenho firmes e engraxadas. Mas não importa. Quando as minhas rodas girarem nessa direção, indo e vindo por mais três meses, você nunca mais dará aula.

– Acho que quer dizer "para o bem ou para o mal" – Laura disse, recatada. – Mas espero que seja para o bem.

– E será.

O chapéu creme

A nova escola ficava em um canto da propriedade do senhor Wilkins, a curta distância da casa dele. Quando Laura abriu sua porta na segunda-feira de manhã, viu que era uma réplica exata da escola de Perry, até mesmo o dicionário na mesa e o prego na parede, para guardar sua touca.

Era um bom presságio, ela pensou. E era mesmo. Todos os dias naquela escola foram agradáveis. Laura já se sentia uma professora capaz, e lidava tão bem com cada dificuldade que nenhuma durava até o dia seguinte. Os alunos eram amistosos e obedientes, e os pequenos muitas vezes eram engraçados, embora Laura ocultasse seus sorrisos.

Ela morava com os Wilkins, e todos eram simpáticos com Laura e agradáveis uns com os outros. Florence ainda ia à escola, e à noite contava a Laura tudo o que havia acontecido durante o dia. Laura dividia o quarto com Florence, e elas passavam as noites aconchegadas com seus livros.

Na última sexta-feira de abril, o senhor Wilkins pagou a Laura vinte e oito dólares, o salário daquele primeiro mês, menos dois dólares pela hospedagem e alimentação. Almanzo a levou para casa naquela noite, e no dia seguinte Laura foi com Ma fazer compras na cidade. Voltaram com musselina alvejada para roupas de baixo, anáguas e camisolas, duas peças de cada.

– Com o que você já tem, deve bastar – disse Ma.

Elas também compraram uma musselina mais forte para fazer dois conjuntos de lençóis e fronhas.

Para fazer um vestido de verão para Laura, compraram dez metros de uma cambraia cor-de-rosa delicada, com estampa de florezinhas e folhas verde-claras. Então foram à senhorita Bell atrás de um chapéu que combinasse.

Havia muitos chapéus bonitos lá, mas Laura soube na hora qual deles queria. Era um chapéu de palha creme, com aba estreita em toda a volta e mais ainda nas laterais. Cobria até metade da testa dela. Uma fita de cetim um pouco mais escura que a palha envolvia a parte de cima, e três penas de avestruz saíam do lado esquerdo. Tinham cores diferentes, que iam desde o creme leve da palha até um pouco mais escuro que o da fita de cetim. O chapéu ficava preso à cabeça por um cordão de seda elástico que mal aparecia, porque ficava escondido em meio às tranças presas de Laura.

Enquanto andavam pela rua, logo depois de terem comprado o chapéu, Laura implorou a Ma para pegar cinco dólares e gastar com ela mesma.

– Não, Laura – ela recusou. – É muita bondade sua sugerir isso, mas não estou precisando de nada.

Elas voltaram para a carroça, que as esperava diante da loja de ferragens. Havia algo volumoso na boleia, sob uma manta de cavalo. Laura se perguntou do que se tratava, mas não teve tempo de olhar, porque Pa desamarrou os cavalos e eles partiram.

– O que tem aí atrás, Charles? – Ma perguntou.

– Não posso mostrar agora, Caroline. Espere até chegarmos em casa – Pa respondeu.

Ele parou a carroça perto da porta.

– Agora, meninas, levem seus pacotes para dentro e deixem o meu aí até eu guardar os cavalos. Não olhem embaixo da manta!

Pa desatrelou os animais e se afastou com eles.

– O que pode ser? – Ma perguntou a Laura.

As duas aguardaram. Pa voltou correndo o mais rápido possível. Quando levantou a manta, revelou uma máquina de costura novinha.

– Ah, Charles! – Ma exclamou, sem ar.

– Sim, Caroline, é sua – ele disse, orgulhoso. – Você terá muito mais trabalho de costura agora que Mary vai voltar para casa e Laura não estará. Achei que precisaria de uma ajudinha.

– Mas como? – Ma perguntou, tocando no ferro preto e brilhante dos pés da máquina.

– Eu precisava vender uma vaca, porque não haveria espaço para todas ficarem no estábulo no próximo inverno – Pa explicou. – Agora, se me ajudar a descarregar a máquina, tiraremos a capa para ver direito.

Muito tempo atrás, Laura recordava, Ma falara de uma máquina de costura em um tom que a fizera pensar que a mãe queria uma. Pa não esquecera aquilo.

Ele tirou o engate da carroça e, com Ma e Laura, desceu a máquina de costura cuidadosamente, enquanto Carrie e Grace os rodeavam, animadas. Pa levantou a proteção da máquina e todos ficaram olhando em um silêncio admirado.

– É linda – Ma disse, finalmente. – E será de muita ajuda. Mal posso esperar para usar.

Mas já era tarde, e a máquina de costura não poderia ser usada no dia de domingo.

Na semana seguinte, Ma estudou o manual de instruções e aprendeu a usar a máquina. No sábado seguinte, ela e Laura começaram a fazer o vestido de cambraia. O tecido era tão fino e suas cores eram tão delicadas que Laura ficou com medo de cometer um erro ao cortá-lo, mas Ma já havia feito tantos vestidos que nem hesitou. Tirou as medidas de Laura, riscou o molde do punho e cortou a cambraia sem medo.

Elas fizeram o vestido acinturado, com duas pences atrás e duas na frente, onde colocaram uma fileira de botões de pérola entre as pregas. A gola era reta, as mangas eram compridas, franzidas nos ombros e justas no punho, terminando em uma bainha.

A saia era cheia e abotoava em cima, para não escorregar; tinha uma série de pregas espaçadas igualmente, e por baixo vinha um babado de dez centímetros de largura que chegava a tocar a ponta dos sapatos de Laura.

Quando Almanzo levou Laura para casa na última sexta-feira de maio, o vestido estava pronto.

– Ah, é tão bonito, Ma! – Laura disse ao vê-lo. – As pregas são todas iguais e a costura é excelente.

– Não sei como nos virávamos antes sem uma máquina de costura. Ela faz o trabalho com tanta facilidade que as pregas se tornam simples. E que belos pontos. A melhor costureira não seria capaz de fazer iguais à mão.

Laura ficou em silêncio por um momento, olhando para seu vestido novo costurado à máquina. Então disse:

– O senhor Wilkins me pagou o salário do mês hoje, e não preciso dele. Ainda tenho quinze dólares do pagamento de abril. Vou precisar de um vestido novo para o outono...

– Sim, e de um vestido de noiva – Ma a interrompeu.

– Com quinze dólares, posso comprar os dois. Com as roupas que já tenho, será o bastante por um longo tempo. Além disso, no mês que vem receberei mais vinte e oito dólares. Quero que você e Pa fiquem com estes quinze dólares. Por favor, Ma, use para trazer Mary para uma visita ou para comprar roupas para ela.

– Podemos nos virar sem pegar o dinheiro do seu último período letivo – Ma disse, em tom baixo.

– Sei disso, mas você e Pa têm que cuidar de tanta coisa. Gostaria de ajudar dessa vez. Então eu me sentiria melhor em relação a ir embora levando todas essas coisas tão bonitas comigo e não ajudar mais – Laura insistiu.

Ma cedeu.

– Se é o que deseja, faça isso, mas dê o dinheiro a Pa. Como gastou o dinheiro da vaca na máquina de costura, sei que ficará feliz.

Pa ficou surpreso e disse que Laura precisaria do dinheiro para si. Quando ela se explicou e insistiu, ele o aceitou.

– Vai ajudar – Pa admitiu. – Mas é a última vez. De agora em diante, acho que será tudo tranquilo. A cidade está crescendo tão rápido que vou ter bastante trabalho de carpinteiro. O gado está crescendo rápido também. Os animais se multiplicam, e vivem da propriedade. Ano que vem, vencerei a aposta com tio Sam e este lugar será nosso em definitivo. Então não vai precisar se preocupar mais em ajudar, canequinha. Já fez sua parte e um pouco mais.

Quando Laura saiu com Almanzo no domingo à tarde, seu coração transbordava de felicidade. Mas parecia que sempre havia algum motivo para insatisfação. Agora, ela lamentava que não estaria em casa quando Mary chegasse. Ela viria naquela semana, quando Laura estaria ensinando frações na escola de Wilkins.

Na sexta à tarde, Almanzo foi buscar Laura com Prince e Lady, e os dois trotaram depressa para casa. Quando chegaram perto da porta, Laura ouviu o órgão. Antes que Almanzo pudesse parar os cavalos, ela saiu da carroça e correu para a porta.

– Vejo você no domingo – ele disse, e ela acenou com a mão do anel em resposta. Logo estava abraçando Mary, antes mesmo que a irmã pudesse se levantar do banquinho do órgão. A primeira coisa que Mary disse foi:

– Ah, Laura! Fiquei tão surpresa quando vi o órgão me esperando aqui.

– Tivemos que manter em segredo por bastante tempo – Laura disse. – Mas isso não diminuiu a surpresa, não é? Ah, Mary, deixe-me olhar para você. Está com uma aparência muito boa!

Mary estava ainda mais bonita do que antes. Laura nunca se cansaria de olhar para ela. E agora tinham tanto para contar uma à outra que não paravam de conversar. Na tarde de domingo, elas caminharam até o topo da colina além do estábulo, com Laura colhendo rosas o bastante para encher os braços de Mary.

– Laura, quer mesmo ir embora de casa para se casar com o jovem Wilder? – Mary perguntou, séria.

Laura respondeu, séria também:

– Ele não é mais o jovem Wilder. É Almanzo. Você não sabe nada a seu respeito, não é? Pelo menos não muito desde o longo inverno.

– Lembro que ele foi buscar trigo, claro. Mas por que quer sair de casa e ir com ele? – Mary insistiu.

– Acho que é porque parece que fomos feitos para ficar juntos – Laura disse. – Além disso, quase que já saí de casa. Passo muito tempo fora. Não estarei mais longe, em Wilkins, do que agora.

– Ah, bem, acho que tem que ser assim mesmo. Eu fui para a faculdade e agora é você quem vai embora. Imagino que crescer seja isso.

– É estranho pensar que Carrie e Grace são mais velhas do que éramos. Elas também estão crescendo. Mas seria estranho se permanecêssemos como éramos, não?

– É ele vindo – disse Mary, que havia ouvido o barulho da carroça e dos cascos de Prince e Lady. Ninguém imaginaria que ela era cega quando seus belos olhos azuis se viraram na direção deles, como se os visse. – Mal vi você, e agora tem que ir.

– Só tenho que ir depois do jantar. E voltarei na sexta-feira. Além do mais, teremos todo o mês de julho e a maior parte de agosto para ficar juntas – Laura a lembrou.

Às quatro da tarde da última sexta-feira de junho, Almanzo foi com Barnum e Skip até a porta dos Wilkins para levar Laura para casa. Enquanto seguiam pela estrada familiar, ele disse:

– Outro período escolar se encerrou. O último.

– Tem certeza? – Laura perguntou, tímida.

– Não temos? No fim de setembro, você estará fazendo as panquecas do meu café da manhã.

– Talvez um pouco depois – Laura disse.

Ele já havia começado a construir a casa em meio às árvores.

– Nesse meio-tempo, e quanto ao Quatro de Julho? Quer ir à comemoração na cidade?

– Prefiro sair para passear – Laura respondeu.

– Concordo! Estes cavalos estão voltando a brincar demais. Estive trabalhando na casa e eles tiveram alguns dias de descanso. É hora de gastar toda essa energia com aqueles longos passeios.

– Quando quiser! Agora estou livre.

Laura estava feliz. Sentia-se um passarinho saindo da gaiola.

– Então, no Quatro de Julho, faremos nosso primeiro longo passeio – disse Almanzo.

No dia marcado, logo depois do almoço, Laura colocou seu vestido de cambraia novo e o chapéu creme com as penas de avestruz pela primeira vez. Quando Almanzo chegou, estava pronta.

Barnum e Skip pararam para que ela subisse na carroça, mas estavam ansiosos e com pressa de partir.

– Quando passamos pela cidade, a multidão os deixou nervosos – explicou Almanzo. – Vamos só até o final da rua principal, para que você possa ver as bandeiras, depois pegaremos a direção sul para nos afastar do barulho.

A estrada sul, que ia até Brewster, estava tão mudada que mal parecia a mesma que haviam percorrido tantas vezes na época da primeira escola em que Laura dera aula. Havia cabanas novas e algumas casas espalhadas pela pradaria, além de muitos campos cultivados. Bois e cavalos pastavam no caminho.

Em vez de branca por causa da neve, a pradaria agora tinha todos os tons de verde-claro. O vento soprava quente, vindo do sul. Agitava as gramíneas e as plantações, a crina e o rabo dos cavalos, as franjas da coberta que protegia o delicado vestido de cambraia de Laura, e até as penas de avestruz do belo chapéu creme de Laura.

Ela as segurou com a ponta dos dedos quando estava sendo levado.

– Ah! – exclamou, preocupada. – Acho que não estavam bem costuradas.

– A senhorita Bell não está no Oeste há tempo o bastante – Almanzo comentou. – Ainda não se acostumou com os ventos da pradaria. Deixe que eu guarde as penas no bolso para que não as perca.

Quando eles chegaram a casa, já era hora do jantar. Almanzo ficou para ajudar a comer as sobras frias do almoço do Quatro de Julho. Havia bastante frango e torta, um bolo e uma jarra de limonada feita com água fresca do poço.

Almanzo propôs que Carrie fosse com ele e Laura ver os fogos de artifício na cidade.

– Os cavalos passearam tanto hoje que acho que vão se comportar – ele disse.

– Laura pode ir se quiser, claro, está acostumada com aqueles cavalos – Ma disse. – Mas é melhor Carrie ficar.

Assim, Laura e Almanzo foram sozinhos.

Eles mantiveram os cavalos distantes da multidão, para que não atropelassem ninguém. Em um espaço aberto, a uma distância segura, Laura e Almanzo ficaram na carroça e esperaram até que uma risca de fogo surgisse no escuro acima da multidão e explodisse em uma estrela.

No primeiro clarão, Barnum empinou e Skip deu um salto. Eles saíram correndo, e a carroça foi junto. Almanzo garantiu que o trajeto fosse um círculo largo, trazendo-os de volta para ver bem quando outra estrela explodiu.

– Não se preocupe com os cavalos – disse a Laura. – Eu cuido deles. Pode ficar vendo os fogos.

Laura fez isso. Depois de cada linda explosão no escuro, Almanzo dirigia em círculo e trazia Barnum e Skip de volta a tempo da próxima. Foi só quando a última chuva de faíscas se desfez que eles foram embora.

– Que bom que minhas penas estão no seu bolso – Laura disse. – Se estivessem em meu chapéu enquanto eu assistia aos fogos, teriam ficado retorcidas, de tão rápido que os cavalos corriam.

– Mas, será que elas ainda estão no meu bolso? – Almanzo perguntou, espantado.

– Espero que sim – disse Laura. – Se estiverem, posso costurá-las de novo no chapéu.

As penas ainda estavam no bolso de Almanzo, que as entregou a Laura à porta de casa e disse:

– Venho buscá-la no domingo. Os cavalos estão precisando se exercitar.

Tempestade de verão

O calor foi intenso naquela semana, e Laura se sentiu sufocada na igreja domingo de manhã. Ondas cintilantes de calor dançavam do lado de fora das janelas, e as brisas leves e intermitentes eram quentes.

Quando o culto acabou, Almanzo estava esperando do lado de fora para levar Laura para casa. Enquanto a ajudava a subir na carroça, ele disse:

– Sua mãe me convidou para almoçar, depois poderemos exercitar os cavalos outra vez. Vai ser uma tarde quente, mas, se não chover, será melhor ficar ao ar livre do que dentro de casa.

– Minhas penas estão bem costuradas no chapéu – Laura comentou, e deu risada. – O vento que sopre.

Logo depois de desfrutarem do bom almoço de domingo de Ma, eles partiram em direção ao sul pela pradaria sem fim e suas suaves ondulações. O sol brilhava forte, e o calor era opressivo mesmo à sombra da cobertura da carroça. Em vez de suave e fresca, a brisa vinha em lufadas quentes.

As ondas de calor cintilantes pareciam prateadas na estrada à frente deles, recuando como água. O vento brincava com as gramíneas, retorcendo-as e seguindo em frente e para longe.

Depois de algum tempo, nuvens escuras começaram a se formar a noroeste, e o calor ficou ainda mais intenso.

– É uma tarde estranha. Acho melhor irmos para casa – Almanzo falou.

– Sim, vamos. E rápido. Não estou gostando do clima.

A massa de nuvens escuras subia depressa enquanto Almanzo conduzia os cavalos para casa. Ele os parou e entregou as rédeas para Laura.

– Segure enquanto fecho as cortinas. Vai chover – ele disse.

Rapidamente, Almanzo foi para trás da carroça e desabotoou as tiras que seguravam, enrolada, a cortina traseira. Então deixou que desenrolasse e a abotoou nas laterais e embaixo, fechando bem a parte de trás da carroça. Depois, tirou as duas cortinas laterais da parte de baixo do assento e as abotoou em cima e nas laterais, fechando a carroça.

De volta a seu lugar, Almanzo desenrolou a proteção de borracha sobre o painel, onde se encaixou perfeitamente.

Laura admirou a engenhosidade daquela proteção. Tinha uma abertura onde ficava o chicote, para que continuasse acessível, e outra pela qual Almanzo passou as rédeas, de modo que poderia segurá-las sem que a chuva entrasse. A proteção era tão larga que caía pelas duas laterais e abotoava na armação da cobertura.

Tudo isso foi feito rapidamente. Logo Laura e Almanzo estavam dentro de uma caixa de cortinas de borracha. A chuva não tinha como entrar pela proteção, pelas cortinas ou pela cobertura. E eles continuavam enxergando por cima da proteção, que ia até a altura do queixo.

Enquanto pegava as rédeas de Laura e saía com os cavalos, Almanzo disse:

– Agora pode chover!

– Sim – Laura disse. – Mas talvez consigamos chegar antes.

Almanzo acelerava os cavalos. Eles seguiam rápido, mas as nuvens escuras pareciam subir mais rápido ainda. Laura e Almanzo observavam em silêncio. A terra parecia em silêncio e imóvel de medo. O som dos cascos trotando rápido e os rangidos leves da carroça acelerando pareciam pouco na quietude.

A massa crescente de nuvens se desfigurava, retorcendo-se como se em fúria e agonia. Lampejos vermelhos as cortavam. Ainda assim, o ar continuava parado e não se ouvia nenhum barulho. O calor aumentava. A franja de Laura estava úmida de suor e lisa na testa, enquanto gotas escorriam por suas bochechas e seu pescoço. Almanzo incivava os cavalos.

Quase acima deles agora, as nuvens rodopiantes passaram de pretas a um tom assustador de roxo-esverdeado. Pareciam cada vez mais próximas, até que um dedo se destacou devagar e se prolongou, tentando alcançar a terra. De fato, alcançou, então recolheu-se e voltou a tentar.

– Quão longe está a tempestade? – Laura perguntou.

– Uns quinze quilômetros – Almanzo respondeu.

Ela vinha na direção deles, do noroeste, enquanto aceleravam para o nordeste. Nenhum cavalo, por mais rápido que fosse, poderia superar aquelas nuvens. Elas se descolavam no céu acima da pradaria indefesa, aproximando-se dela como a pata de um gato atormentando um rato.

Um segundo dedo se destacou, atrás do primeiro. Depois, outro. Os três iam e voltavam, então iam de novo, descendo das nuvens contorcidas.

Então todos se deslocaram um pouco para o sul. Um depois do outro, depressa, os três pontos tocaram a terra, sob a massa de nuvens e viajando com ela. Passaram atrás da carroça, a oeste, e seguiram para o sul. De repente, um vento terrível começou a soprar, tão forte que a carroça balançou, mas aquela tempestade havia passado. A respiração de Laura foi longa e trêmula.

– Se estivéssemos em casa, Pa nos mandaria para o porão – ela disse. – E eu ficaria feliz com isso.

– Precisaríamos mesmo de um porão se a tempestade tivesse vindo para cá. Nunca me escondi em um porão, mas se visse uma nuvem como essa, correria – Almanzo admitiu.

O vento parou abruptamente. Soprava do sudoeste e trazia um frio repentino consigo.

– Granizo – Almanzo disse.

– Sim.

Em algum lugar, estava chovendo granizo.

Ficaram todos felizes em recebê-los quando chegaram. Laura nunca havia visto Ma tão pálida ou agradecida. Pa disse que haviam agido bem ao voltar.

– Essa tempestade vai causar estragos – ele comentou.

– É uma boa ideia ter um porão aqui – Almanzo comentou. Ele perguntou o que Pa achava de seguirem por onde a tempestade havia passado para ver se alguém precisava de ajuda. Eles partiram, e Laura ficou em casa.

Embora a tempestade tivesse passado e o céu já se encontrasse aberto, elas continuavam nervosas.

No fim da tarde, Laura já havia vestido a roupa do dia a dia e feito suas tarefas com a ajuda de Carrie, quando Pa e Almanzo voltaram. Ma colocou o jantar frio na mesa. Enquanto comiam, eles contaram o que haviam visto no rastro da tempestade.

Um colono não muito ao sul da cidade havia acabado de debulhar o trigo de uma plantação de cem acres. Teria sido uma colheita esplêndida: pagaria todas as suas dívidas e ainda sobraria dinheiro para colocar no banco. O fazendeiro e os homens que havia contratado tinham trabalhado o dia todo para terminar de debulhar, e ele estava no palheiro quando viu a tempestade chegando.

Havia acabado de mandar seus dois filhos devolverem uma carroça que havia tomado emprestada de um vizinho para ajudar com o trabalho. Ele entrou no porão a tempo. A tempestade levou todo o milho, a palha, máquinas, carroças, estábulos e a casa – tudo. Não restou nada além do terreno em si.

Os filhos e as mulas haviam desaparecido. Um pouco antes que Pa e Almanzo chegassem, o menino mais velho voltou, pelado. Tinha nove anos. Ele explicou que corriam com as mulas quando a tempestade os alcançou. Foram todos erguidos e carregados em círculo no ar, ainda ligados pelos arreios. Eles giraram cada vez mais rápido e mais alto, até que o menino mais velho começou a ficar tonto e gritou para o mais novo se segurar firme na mula. De repente, havia palha por toda parte, escurecendo o ar, de maneira que ele não conseguiu ver mais nada. O menino mais velho sentiu os arreios se rompendo e provavelmente desmaiou, porque quando se viu estava sozinho.

Ele enxergava o chão mais abaixo enquanto era carregado em um círculo, sempre descendo um pouco, até não estar muito distante da terra. Ele tentou se ajeitar e colocar os pés para baixo, então atingiu o chão, correu um pouco e caiu. Depois de ficar deitado alguns momentos para descansar, ele se levantou e foi para casa.

O menino havia caído a uns dois quilômetros da casa do pai. Não tinha mais nada de roupa no corpo, até mesmo as botas de cano alto e cadarço tinham desaparecido, mas não estava machucado. Como as botas haviam sido arrancadas de seus pés sem deixar nenhuma marca, era um mistério.

Os vizinhos estavam procurando o outro menino e as mulas por todo canto, mas ainda não haviam encontrado nenhum rastro deles. Mal se podia esperar que estivessem vivos.

– Mas se a porta aguentou... – Almanzo disse.

– Que porta? – Carrie perguntou.

Era a coisa mais estranha que Pa e Almanzo tinham visto naquele dia. Acontecera na propriedade de outro homem, mais ao sul. Tudo havia sido levado de lá também. Quando a família saiu do porão, havia apenas um terreno vazio onde o estábulo e a casa haviam estado. Bois, carroças, galinhas – tudo havia sido levado. Tinham perdido tudo, além das roupas que usavam e uma coberta que a mulher havia levado para o porão, enrolada no bebê.

O homem havia dito a Pa:

– Tenho sorte. Não tinha plantação para perder.

Eles haviam se mudado para aquela propriedade na primavera, e ele só tinha conseguido plantar algumas batatas.

Na hora do pôr do sol, quando Pa e Almanzo voltavam da busca pelo menino perdido, depararam com aquela propriedade e pararam por um momento. Enquanto a família recolhia tábuas e pedaços de madeira que a tempestade havia espalhado ali, o proprietário calculava de quanto mais precisaria para construir algum tipo de abrigo.

Enquanto o faziam, uma criança notou um objeto escuro, alto no céu. Não parecia um pássaro, e foi aumentando de tamanho. Todos ficaram olhando. Por algum tempo, o objeto caiu na direção deles, devagar, até que viram que era uma porta. Ela caiu na frente deles. Era a porta da frente da cabana da família.

Estava em perfeitas condições, sem um arranhão que fosse. O mais incrível era que tinham se passado horas, e ela descera lentamente do céu limpo, para pousar onde a cabana costumava ficar.

– Nunca vi um homem mais feliz do que ele – Pa comentou. – Agora não precisa mais comprar uma porta para a cabana nova. Ela ainda estava com as dobradiças.

Estavam todos impressionados. Em toda a vida, nenhum deles tinha ouvido falar de algo tão estranho quanto a volta daquela porta. Era incrível pensar quão longe ou quão alto ela devia ter ido naquele período.

– É uma região esquisita – Pa disse. – Coisas estranhas acontecem.

– Sim – disse Ma. – Fico feliz e grata a Deus que até agora não tenham acontecido conosco.

Durante a semana, Pa ficou sabendo na cidade que os corpos do menino perdido e das mulas haviam sido encontrados no dia seguinte. Todos os ossos deles estavam quebrados. O menino estava sem roupa e as mulas, sem arreios. Nem as roupas nem os arreios foram encontrados.

Pôr do sol na colina

Em um domingo, Laura não saiu para passear, porque era o último dia de Mary em casa. Ela ia voltar para a faculdade.

Fazia tanto calor que no café da manhã Ma disse que achava que não iria à igreja. Carrie e Grace ficariam em casa com ela enquanto Laura e Mary sairiam com Pa de carroça.

Ele esperava por elas quando se aprontaram e desceram do quarto.

Laura estava com o vestido de cambraia rosa-claro e o chapéu de palha com as penas de avestruz, agora com a costura reforçada.

O vestido de Mary era de cambraia azul com florezinhas brancas. Seu chapéu era de palha branca com uma fita azul. Abaixo da parte de trás da aba, seu cabelo dourado era uma massa retorcida, e uma franja ondulada caía sobre a testa, acima dos olhos tão azuis quanto a fita.

Pa olhou para elas por um momento. Seus olhos brilharam e ele soou orgulhoso ao exclamar, em um desdém fingido:

– Minha nossa, Caroline! Não sou elegante o suficiente para acompanhar duas moças tão bonitas até a igreja.

Ele também estava arrumado, vestindo um seu terno branco com gola de veludo preto, camisa branca e gravata azul-escura.

A carroça estava esperando. Antes de se vestir, Pa havia penteado e escovado os dois cavalos e aberto uma coberta limpa sobre o banco da carroça. A parelha esperou enquanto Pa ajudava Mary a subir, com todo o cuidado, e depois estendia a mão para Laura. Elas esticaram sobre as pernas uma manta leve, cuja ponta Laura enfiou debaixo da saia cheia. Então, ao sol e ao vento quente, seguiram devagar rumo à igreja.

Estava tão lotada naquela manhã que não conseguiram encontrar três lugares vazios juntos. Pa foi se sentar com os anciões no canto da frente e Laura e Mary se sentaram lado a lado, perto do meio da igreja.

O reverendo Brown pregava com fervor, enquanto Laura desejava que aquele fervor pudesse ser empregado em um sermão mais interessante. Então, ela viu um gatinho gordo perdido no corredor. Laura o observou brincando, até que ele foi para o altar e ficou arqueando as costas e se esfregando contra a lateral do púlpito. O gato mantinha os olhos redondos voltados para a congregação, e Laura achou tê-lo ouvido ronronar.

Então um cachorro pequeno passou pelo corredor, andando depressa. Era preto e castanho, com pernas magras e rabo curto empinado. Seu passo rápido e decidido lhe parecia natural. Ele não estava procurando ninguém nem indo a algum lugar: só passeava pela igreja, até que viu o gato. Por um instante, o cachorro ficou rígido, então, com uma explosão de latidos, saltou.

As costas do gatinho se arquearam, ele esticou o rabo e em um lampejo ele sumiu do campo de visão de Laura.

O mais estranho foi que pareceu desaparecer completamente. Não houve perseguição, e o cachorro ficou em silêncio. O reverendo Brown continuou pregando. Laura mal teve tempo de pensar a respeito quando sentiu a armação da saia se mover levemente. Ao olhar para baixo, ela viu a pontinha do rabo do gato entrando debaixo do babado rosa.

O gato havia procurado refúgio dentro da armação da saia e agora começava a subir por ela, agarrando-se no arame. Laura teve vontade de rir, mas se controlou e continuou sentada solenemente. Então o cachorro passou, ansioso, olhando e farejando, em busca do gato. De repente, Laura teve uma visão do que aconteceria caso o cachorro encontrasse o gato, o que fez seu corpo estremecer da cabeça aos pés com uma risada reprimida.

Laura sentiu as costelas pressionando o espartilho, as bochechas inflando e a garganta engasgando. Mary percebeu que Laura estava rindo, embora não soubesse o motivo. Ela deu uma cotovelada em Laura e sussurrou:

– Comporte-se.

O corpo de Laura se sacudiu ainda mais, e ela sentiu que seu rosto ficava roxo. A armação continuava balançando sob a saia, enquanto o gatinho subia e descia, curioso. Seu bigode, seu nariz e os olhos apareceram sob o babado rosa. Como não via sinal do cachorro, ele saiu de repente e seguiu pelo corredor rumo à porta. Laura se manteve atenta, mas não ouviu nenhum latido, de modo que soube que ele tinha escapado.

A caminho de casa, Mary disse:

– Estou surpresa com você, Laura. Nunca vai aprender a se comportar direito na igreja?

Laura riu tanto que até chorou, enquanto Mary a reprovava e Pa queria saber o que havia acontecido.

– Não, Mary, nunca – Laura disse afinal, enxugando os olhos. – É melhor me considerar um caso perdido.

Então ela contou tudo a eles, e até Mary teve que sorrir.

O almoço e a tarde de domingo transcorreram tranquilamente em meio a conversas. Mary e Laura fizeram sua última caminhada juntas até o topo da colina baixa, para ver o pôr do sol.

– Nunca vejo as coisas tão bem com as outras pessoas – Mary disse. – Quando eu voltar, você não estará mais aqui.

– Não, mas você poderá ir me ver – Laura disse. – Passará a ter duas casas para visitar.

– Mas o pôr do sol… – Mary começou a falar, mas Laura a interrompeu.

– O sol também vai se pôr na fazenda de Almanzo, imagino – ela brincou. – Não há uma colina baixa na propriedade, mas são dez acres inteiros de árvores. Vamos caminhar por entre elas, e você vai querer vê-las. Há choupos, claro, mas também bordos e salgueiros. Se prosperarem, vão formar um lindo bosque. Não haverá apenas um corta-vento em volta da casa, como aqui, mas uma floresta de verdade.

– Vai ser estranho ver a pradaria tomada por árvores – Mary disse.

– Tudo muda.

– Sim.

As duas ficaram em silêncio por um momento, até que Mary disse:

– Gostaria de ir ao seu casamento. Não pode adiá-lo até junho?

Devagar, Laura respondeu:

– Não, Mary. Já tenho dezoito anos e lecionei ao longo de três períodos letivos. É mais do que Ma lecionou. Não quero mais ser professora. No inverno, quero estar acomodada em nossa própria casa. Mas haverá apenas uma cerimônia. Pa não pode pagar por uma festa, e não quero que eles tenham despesa alguma. No próximo verão, quando vier, minha casa estará pronta para recebê-la.

– Sinto muito pelo órgão, Laura – Mary disse. – Se eu soubesse... Mas eu queria ir à casa de Blanche, e ficava mais perto. Pa economizou o dinheiro da viagem de trem. Eu não tinha me dado conta de que as coisas mudariam aqui em casa. Achei que fosse estar sempre aqui para quando eu voltasse.

– E está – Laura disse a ela. – Não se sinta mal quanto ao órgão. Lembre--se de como se divertiu na casa de Blanche. Fico feliz que tenha ido, de verdade, e Ma também. Ela disse isso na época.

– Ela disse mesmo?

O rosto de Mary se iluminou. Então, Laura disse a ela que Ma havia dito que estava feliz por Mary poder aproveitar e criar recordações enquanto era jovem. O sol estava se pondo, e Laura contou à irmã como sua glória carmesim e dourada flamejava no céu e se desvanecia em rosa e cinza.

– Vamos voltar para casa agora – Mary disse. – Já estou sentindo a mudança no ar.

Elas ficaram mais um pouco de mão dadas, voltadas para oeste, depois desceram devagar a ladeira além do estábulo.

– O tempo passa tão depressa agora – Mary disse. – Lembra-se de quando o inverno era tão longo que parecia que o verão nunca ia chegar? Então, no verão, o inverno parecia ter sido havia tanto tempo que quase esquecíamos como era?

– Sim, e como aproveitamos quando éramos pequenas – Laura disse. – Mas talvez o futuro seja ainda melhor. Nunca se sabe.

Planos para o casamento

Como sempre, a partida de Mary pareceu deixar a casa vazia. Na manhã seguinte, Ma falou:

– Vamos costurar, Laura. Mãos ocupadas ajudam a alegrar.

Laura foi buscar as musselinas, que Ma cortou, e o ar da sala de estar foi preenchido pelo zumbido da máquina e pela movimentação de ambas costurando juntas.

– Tive uma ideia de como fazer os lençóis – Laura propôs. – Não vou fazer as longas costuras no meio, com ponto invisível à mão. Se eu juntar as pontas e passar a máquina, acho que talvez fique até melhor.

– Pode ser – Ma disse. – Nossas avós se revirariam no túmulo, mas são os tempos modernos.

Elas costuraram tudo o que era branco rapidamente, à máquina. Laura foi buscar as dezenas de metros de renda branca que havia feito. Como em um passe de mágica, a agulha rápida da máquina a costurou nas fronhas, nas golas e nos punhos das camisolas compridas, nas golas e nas cavas dos camisões de dormir e nas pernas das ceroulas.

Enquanto se ocupavam dessas peças, Ma e Laura discutiram os vestidos de Laura.

– Meu vestido de popelina marrom está como novo – Laura disse. – Meu vestido de cambraia rosa é mesmo novo. Do que mais preciso?

– De um vestido preto – Ma afirmou. – Acho que toda mulher deve ter um bom vestido preto. É melhor irmos à cidade no sábado comprar o necessário. Pode ser de caxemira. Tem bom caimento, e só não serve para os dias mais quentes de verão. Depois que fizermos esse vestido, vamos precisar comprar algo bonito para o casamento.

– Temos bastante tempo – Laura disse.

Com a correria do trabalho do verão, Almanzo tinha pouco tempo para a casa. Ele havia levado Ma e Laura em um domingo para ver a estrutura ao lado das pilhas de madeira atrás do bosque de árvores jovens.

Seriam três cômodos: uma sala grande, um quarto e uma despensa, com um alpendre nos fundos. Depois daquilo, Almanzo não a levara mais para ver a casa.

– Deixe comigo – ele disse. – Terá um teto antes que a neve caia.

Em seus longos passeios de carroça, eles iam até os lagos gêmeos ou o Spirit e além.

Na segunda-feira de manhã, Ma abriu a peça de caxemira preta e ajeitou os moldes em cima dela com muito cuidado, para não desperdiçar tecido, depois cortou com a tesoura grande. Ela alfinetou todas as partes da saia, do corpete e as mangas. Logo depois do almoço, a linha preta foi colocada na máquina, que começou a trabalhar.

O zumbido se manteve estável até o fim da tarde. Laura estava alinhavando o forro de cambraia à caxemira quando ergueu os olhos do trabalho e viu Almanzo se aproximando. Ela teve certeza de que algo havia acontecido, ou ele não viria em uma terça-feira. Laura correu para a porta.

– Vamos dar uma volta – ele disse. – Quero falar com você.

Laura colocou a touca e foi com ele.

– O que foi que aconteceu? – ela perguntou, enquanto Barnum e Skip saíam trotando.

– É só que… quer um casamento grande? – Almanzo perguntou, direto.

Ela olhou para ele, surpresa que tivesse vindo só para perguntar aquilo quando se veriam no domingo.

– Por que pergunta?

– Se não quiser, estaria disposta e pronta para se casar no fim desta semana, ou no começo da outra? – Almanzo perguntou, ainda mais ansioso. – Não responda até que eu lhe diga o motivo. Enquanto eu estava em Minnesota no inverno, minha irmã Eliza começou a planejar um casamento grandioso na igreja para nós. Eu disse que não queríamos isso e que ela devia desistir dessa ideia. Nesta manhã recebi uma carta e vi que Eliza não mudou de ideia. Ela está vindo para cá com minha mãe, para planejar o casamento.

– Ah, *não!* – Laura disse.

– Você conhece Eliza – disse Almanzo. – É teimosa e sempre foi mandona, mas eu daria um jeito se fosse só ela. Minha mãe é diferente, é mais como a sua mãe. Você vai gostar dela. Mas Eliza a convenceu de que deve haver um casamento grandioso na igreja. Se chegarem antes de nos casarmos, não acho que conseguiria dizer não à minha mãe. Não quero esse tipo de casamento nem teria como pagar por um. O que acha?

Fez-se silêncio enquanto Laura pensava. Então ela disse, baixo:

– Pa tampouco pode pagar por esse tipo de casamento. Eu precisaria de um pouco mais de tempo para terminar minhas coisas. Se nos casarmos assim logo, não terei um vestido de noiva.

– E esse que está usando agora? É bonito – Almanzo comentou.

Laura não pôde evitar uma risada.

– É um vestido de trabalho. Eu nunca me casaria com ele! – Então ela ficou séria. – Ma e eu estamos fazendo um que eu poderia usar.

– Então você se casaria comigo no fim da semana?

Laura voltou a ficar em silêncio. Então reuniu toda a sua coragem e disse:

– Almanzo, preciso perguntar uma coisa: quer que eu prometa obedecer a você?

Ele respondeu, sério:

– Claro que não. Sei que é o ritual da cerimônia, mas é só algo que as mulheres dizem. Nunca conheci uma que obedecesse nem qualquer homem decente que esperasse que o fizesse.

– Bem, não direi que obedecerei a você – Laura avisou.

– Você é uma defensora ferrenha dos direitos das mulheres, como Eliza? – Almanzo perguntou, surpreso.

– Não – Laura respondeu. – Não quero votar. Mas não farei uma promessa que não vou cumprir, e mesmo se eu tentasse acho que não conseguiria obedecer a ninguém se não concordasse com a pessoa.

– Nunca esperaria que o fizesse – ele disse. – E não haverá problema algum na cerimônia, porque o reverendo Brown não acredita no uso da palavra "obedecer".

– É mesmo? Tem certeza? – Laura nunca havia ficado tão surpresa e aliviada ao mesmo tempo.

– O reverendo é muito firme nesse sentido – Almanzo disse. – Já o ouvi argumentar por horas e citar textos da Bíblia contra São Paulo nesse assunto. Você sabe que o reverendo é primo de John Brown, do Kansas, e é muito parecido com ele. Então, podemos nos casar no fim desta semana ou no começo da outra?

– Sim, se esta é a única maneira de evitar um casamento grandioso – Laura disse. – Estarei pronta no fim desta semana ou no começo da outra, quando preferir.

– Se eu conseguir terminar a casa a tempo, no fim desta semana. Se não, terá que ser no começo da outra. Assim que a casa estiver terminada, vamos até o reverendo Brown e nos casamos, sem grande alarde. Bem, agora vou levar você para casa, para ter tempo de trabalhar mais um pouco na construção hoje.

Ao voltar, Laura hesitou em contar o que estavam planejando. Achava que Ma consideraria aquela pressa inapropriada. Talvez até dissesse:

– Quem se casa com pressa se arrepende devagar.

Mas não iam se casar com tanta pressa. Fazia mais de três anos que saíam juntos.

Laura demorou até a hora do jantar para reunir coragem para dizer que ela e Almanzo pretendiam se casar logo.

– Não vamos ter tempo de fazer o vestido – Ma se opôs.

– Podemos terminar o de caxemira preta. Irei com ele – Laura disse.

– Não gostaria que você se casasse de preto – Ma disse. – Você sabe o que dizem: "Quem de preto se casar vai querer atrás voltar".

– O vestido estará novo. Posso usar meu chapéu verde-claro com forro azul e pegar emprestado aquele brochezinho dourado com um morango. Assim, usarei algo velho, algo novo, algo emprestado e algo azul – Laura disse, alegre.

– Acho que esses dizeres não fazem sentido, no fim das contas – Ma disse, consentindo.

– Acho que é uma decisão sensata – Pa disse. – Você e Almanzo estão demonstrando bom senso.

Ma não estava totalmente satisfeita, no entanto.

– O reverendo Brown pode vir aqui. Você pode se casar em casa, Laura. Podemos fazer um belo casamento aqui.

– Não, Ma, não podemos fazer nenhuma festa sem esperar que a mãe de Almanzo chegue – Laura se opôs.

– Ela tem razão, e você concorda, Caroline – disse Pa.

– Claro que sim – Ma admitiu.

Lá vem a noiva

Carrie e Grace se ofereceram de boa vontade para fazer todo o serviço da casa para que Ma e Laura pudessem terminar o vestido. Elas costuraram o mais rápido possível, todos os dias daquela semana.

Fizeram um corpete justo, com uma ponta na parte inferior das costas e da frente, forrado com cambraia e com barbatanas de baleia em todas as costuras. Tinha uma gola alta feita de caxemira. As mangas também eram forradas, compridas e lisas, lindamente ajustadas aos braços, com um pouco de volume em cima, mas fechadas nos pulsos. As cavas eram franzidas e deixavam a região do peito graciosa, em conjunto com as pences embaixo. Botões pretos redondos fechavam o corpete na frente.

A saia tocava o chão em toda a volta. Ajustava-se suavemente em cima e enchia embaixo. Era toda forrada de cambraia, com entretela de crinolina que chegava aos sapatos de Laura. A bainha e o forro tinham acabamento trançado, que Laura costurou à mão para que os pontos não aparecessem do lado direito.

Não houve passeio naquele domingo. Almanzo apareceu por apenas um momento em suas roupas de trabalho, para dizer que estava desrespeitando o sabá[8] trabalhando na casa. Ele disse que estaria terminada na quarta--feira, portanto poderiam se casar na quinta. Passaria para pegar Laura às dez horas da manhã, porque o reverendo Brown deixaria a cidade no trem das onze.

– É melhor vir com a carroça maior na quarta-feira, se puder, para levar as coisas de Laura – Pa disse a ele. Almanzo concordou e ficou tudo acertado. Ele sorriu para Laura e foi embora, com pressa.

Na terça-feira de manhã, Pa foi à cidade e ao meio-dia voltou com um baú que havia comprado de presente para Laura.

– É melhor já guardar suas coisas hoje – ele disse.

Com a ajuda de Ma, Laura encheu o baú naquela noite. Sua antiga boneca de pano, Charlotte, e todas as roupinhas de pano dela foram em uma caixa de papelão no fundo. As roupas de inverno de Laura se seguiram, depois os lençóis, fronhas e toalhas, suas camisolas novas, seus vestidos de chita e o de popelina marrom. O de cambraia rosa foi colocado em cima, para não amassar. Na caixa de chapéus, Laura colocou o chapéu novo com as penas de avestruz. Por fim, guardou suas agulhas de crochê, as de tricô e alguns novelos.

Carrie pegou a caixinha de Laura da estante de canto e disse:

– Sei que você quer levar.

Laura a segurou na mão, indecisa.

– Odeio tirar essa caixinha do lado da caixinha de Mary. Elas não deveriam ficar separadas.

– Mudei a minha para mais perto da caixinha de Mary – Carrie mostrou a ela. – Assim, ela não parece tão solitária. Laura colocou sua caixa com cuidado no baú, em meio aos novelos, para não quebrar.

Quando estava tudo pronto, Laura fechou a tampa do baú. Então, Ma estendeu um lençol limpo e velho na cama.

---

[8] Descanso religioso que os judeus, segundo a lei de Moisés, devem observar no sétimo dia da semana, consagrado a Jeová. (N.T.)

– Leve sua colcha – ela disse.

Laura pegou a colcha de retalhos que havia feito quando pequena, enquanto Mary fazia a dela. Tinha sido guardada com cuidado ao longo daqueles anos. Ma a colocou dobrada sobre o lençol, depois acrescentou dois travesseiros grandes e gordos por cima.

– Quero que leve isso, Laura – ela disse. – Você me ajudou a separar as penas do cisne em que Pa atirou, no lago Silver. Estão como novos, guardei para você. Esta toalha xadrez vermelha e branca é como as que sempre tive. Pensei que se a pusesse na mesa a casa nova ficaria mais parecida com um lar.

Ma colocou a toalha, que ainda estava embrulhada, por cima dos travesseiros, então juntou as pontas do lençol velho e amarrou bem firme.

– Pronto. Assim não vai pegar pó – ela disse.

Almanzo chegou na manhã seguinte, com Barnum e Skip atrelados à carroça maior. Ele e Pa carregaram o baú e o fardo com os travesseiros. Então, Pa disse:

– Esperem um minuto. Não corram, já volto.

Ele entrou na casa. Por um momento, os outros ficaram ao lado da carroça, conversando e esperando que aparecesse à porta.

Pa apareceu contornando a casa e trouxe Fawn, a vaca preferida de Laura. Tinha pelos castanho-amarelados e era gentil. Pa a amarrou na lateral da carroça em silêncio, depois jogou uma corda comprida na parte de trás, enquanto dizia:

– A corda vai com ela.

– Ah, Pa! – Laura exclamou. – Quer mesmo que eu a leve comigo?

– É exatamente o que eu quero – Pa disse. – Seria uma pena se você não pudesse ficar com uma, depois de todas que ajudou a criar.

Laura ficou sem palavras, mas dirigiu um olhar de agradecimento a Pa.

– Acha que é seguro amarrá-la atrás desses cavalos? – Ma perguntou.

Almanzo garantiu a ela que era seguro, depois agradeceu a Pa pela vaca. Então, virou-se para Laura e disse:

– Chegarei amanhã, às dez.

– Estarei pronta – Laura prometeu. Enquanto via a carroça de Almanzo se afastar, ela não conseguia acreditar que no dia seguinte iria embora. Por mais que tentasse, era incapaz de pensar que partir significaria nunca mais voltar, porque sempre havia voltado de seus passeios e viagens com Almanzo.

Naquela tarde o vestido de caxemira preta foi passado com cuidado, depois Ma fez um bolo branco bem grande. Laura ajudou batendo claras em neve com o garfo em um prato até Ma dizer que já estavam consistentes o bastante.

– Meu braço é que está duro – Laura comentou, rindo enquanto esfregava o braço direito, dolorido.

– O bolo tem que ficar perfeito – Ma insistiu. – Se você não vai ter festa de casamento, vai ter pelo menos um almoço em casa e um bolo.

Depois do jantar naquela noite, Laura levou a rabeca para Pa e pediu:

– Toque um pouco, por favor.

Pa tirou a rabeca do estojo. Levou um longo tempo para afinar, depois passou resina no arco com todo o cuidado. Finalmente, colocou-o sobre as cordas e pigarreou.

– O que quer ouvir, Laura?

– Toque para Mary primeiro – Laura respondeu. – Depois toque todas as músicas antigas, uma depois da outra, até cansar.

Ela se sentou nos degraus da porta, enquanto Pa e Ma olhavam para a pradaria lá fora e ele cantava "Mary das Highlands". Depois, enquanto o sol se punha, tocou todas as músicas antigas que Laura conhecia e que conseguia recordar.

O sol sumiu de vista, arrastando o brilho do dia consigo. As cores esvaneceram, uma sombra caiu sobre a terra e a primeira estrela piscou no céu. Devagar, Carrie e Grace foram ficar perto de Ma. A rabeca cantava no crepúsculo.

Cantou todas as músicas que Laura conhecia da Grande Floresta de Wisconsin, e as músicas que Pa havia tocado diante de fogueiras por toda a planície do Kansas. Repetiu a música dos rouxinóis ao luar nas margens do rio Verdigris, depois recordou os dias às margens do riacho Plum e as noites de inverno na casa que Pa havia construído ali. Cantou o Natal no riacho Silver e a primavera depois do longo inverno.

Então a rabeca tocou uma nota mais doce e a voz profunda de Pa se juntou à cantoria.

Uma vez, nos dias mortos além da lembrança,
Quando as brumas no mundo começaram sua andança,
Dos sonhos que surgiam em meio à feliz multidão,
Em nossos corações o amor cantou sua velha e doce canção
E no crepúsculo, onde a luz do fogo brilhou,
Suavemente em nosso sonho se entrelaçou.

Era só uma canção em meio ao crepúsculo
Com as sombras bruxuleantes indo e voltando,
Mesmo com o coração cansado e o dia longo e triste,
A velha e doce canção do amor ainda vem a nós, não viste?
Vem a velha e doce canção do amor.

Ainda hoje ouvimos falar de canções de amor de outrora
Entram em nossos corações e os preenchem para sempre
Mesmo se as pernas falharem e o caminho cansar
Ainda podemos ouvi-las no final do dia
Então, até o fim, quando as sombras da vida caírem
O amor será a mais doce canção de todas.

A casinha cinza no Oeste

Laura estava pronta quando Almanzo chegou. Usava o vestido novo de caxemira preta e o chapéu de palha verde-claro com forro azul e fita azul amarrada. As pontas pretas dos sapatos mal apareciam debaixo da saia rodada conforme ela andava.

Ma havia colocado o broche de ouro com o morango incrustado no pescoço de Mary, no pedaço de renda branca do acabamento da gola do vestido.

– Pronto! – ela disse. – Você está perfeita, apesar do vestido preto.

Pa disse apenas:

– Está ótimo, canequinha.

Carrie entregou a Laura um lenço branco fino com acabamento de renda que combinava com a gola do vestido.

– Fiz para você – ela disse. – Vai ficar bonito na sua mão, em contraste com o vestido preto.

Grace se aproximou para admirar. Então Almanzo chegou, e todos foram à porta, para vê-los partir.

– O reverendo Brown sabe que estamos indo? – Laura perguntou a ele.

– Passei lá antes de vir para cá – Almanzo disse. – Ele não vai usar a palavra "obedecer".

A senhora Brown abriu a porta da sala. Ela disse que ia chamar o senhor Brown e os convidou a se sentar. Então foi para o quarto e fechou a porta. Laura e Almanzo ficaram esperando. No meio da sala havia uma mesa com tampo de mármore, sobre um tapete de crochê. Na parede, um quadro grande de uma mulher agarrada a uma cruz branca em uma rocha, enquanto relâmpagos riscavam o céu e ondas enormes quebravam à sua volta.

A porta do outro cômodo se abriu. Ida entrou na sala e se sentou em uma cadeira perto da porta. Ela ofereceu um sorrisinho assustado a Laura e ficou retorcendo o lenço em seu colo e olhando para ele.

Então a porta da cozinha se abriu, e um jovem alto e magro entrou e se sentou em uma cadeira. Laura imaginou que fosse Elmer, mas não o viu direito, porque o reverendo Brown chegou do quarto, enfiando os braços nas mangas do casaco. Ele ajeitou a gola e pediu que Laura e Almanzo se levantassem e ficassem diante dele.

Assim, eles se casaram.

O reverendo Brown, a senhora Brown e Elmer apertaram as mãos do casal. Sem dizer absolutamente nada, Almanzo entregou uma nota dobrada ao reverendo, que a desdobrou e a princípio ficou sem entender o que seriam aqueles dez dólares. Ida apertou a mão de Laura e tentou falar, mas engasgou. Então deu um beijo rápido na amiga, colocou um pacotinho em suas mãos e saiu do cômodo correndo.

Laura e Almanzo saíram para o sol e o vento. Ele a ajudou a subir na carroça e desamarrou os cavalos. Os dois passaram de novo pela cidade. Quando chegaram, o almoço estava pronto. Ma e as meninas tinham colocado a mesa na sala de estar, entre a porta e as janelas abertas. Tinham-na coberto com sua melhor toalha branca e disposto os pratos mais bonitos. As colheres de prata brilhavam no centro da mesa, e as facas e os garfos de aço haviam sido polidos até brilhar.

Enquanto Laura hesitava à porta, tímida, Carrie perguntou:

– O que é isso na sua mão?

Laura olhou para baixo. Na mão que segurava o lenço de Carrie, ainda segurava o pacotinho que Ida lhe dera.

– Eu não sei. Foi Ida quem me deu.

Ela abriu o pacotinho de papel de seda e desdobrou a renda mais linda que já havia visto. Era um fichu[9] de seda branca, com um lindo desenho de flores e folhas.

– Vai durar a vida toda, Laura – Ma disse, e Laura soube que sempre guardaria e estimaria aquele presente lindo de Ida.

Então Almanzo, que estava guardando os cavalos no estábulo, voltou e todos se sentaram para comer.

Foi um dos almoços mais deliciosos que Ma já havia feito, mas a comida não tinha gosto para Laura. Até mesmo o bolo parecia seco como serragem em sua boca. Finalmente, ela tinha se dado conta de que iria embora e não voltaria para aquela casa para ficar. Todos se demoraram à mesa, porque sabiam que depois do almoço viria a partida. Até que Almanzo disse que estava na hora de partirem.

Laura voltou a colocar o chapéu e se dirigiu à carroça quando Almanzo a parou à porta. Houve despedidas, abraços, beijos e votos de boa sorte, enquanto ele a esperava para ajudá-la a subir. Mas quem pegou sua mão foi Pa.

– Você vai ajudá-la daqui por diante, meu jovem – ele disse a Almanzo. – Mas, desta vez, eu ajudo.

Então Pa a ajudou a subir na carroça.

Ma chegou com uma cesta coberta por um pano branco.

– Separei algo para ajudar com o jantar   ela disse, com os lábios trêmulos. – Volte logo, Laura.

Quando Almanzo já erguia as rédeas, Grace chegou correndo com a touca antiga de Laura.

– Você se esqueceu disso! – ela falou, estendendo-a. Almanzo verificou os cavalos enquanto Laura pegava a touca. Quando os cavalos partiam, Grace gritou, ansiosa: – Lembre-se, Laura: como Ma diz, se você não usar sua touca, vai ficar morena como um índio.

---

[9] Espécie de abrigo, de tecido leve e formato triangular, com que as mulheres cobrem a cabeça, pescoço e ombros. (N.T.)

Todos riram enquanto Laura e Almanzo partiam.

Eles pegaram a estrada pela qual já haviam viajado tantas vezes, atravessando o Grande Charco perto do estábulo dos Pearson, pegando a rua principal e passando pelos trilhos do trem, depois passando à estrada que chegava à casa nova em meio às árvores.

Foi uma viagem silenciosa até quase o fim, quando Laura notou os cavalos pela primeira vez naquele dia.

– Ora, você está conduzindo Prince e Lady!

– Foram Prince e Lady que começaram isso, então achei que gostariam de nos levar para casa – Almanzo explicou. – E aqui estamos.

Os rastros das rodas da carroça maior e da carroça de passeio haviam criado uma entrada em meia-lua perfeita na direção do pequeno bosque que havia diante da casa. Ali estava ela, bem-acabada, com revestimento externo e pintada de cinza-claro. A porta da frente ficava bem no meio, e as duas janelas lhe davam uma aparência sorridente. Na soleira havia um cão pastor marrom bem grande, que se ergueu e balançou o rabo educadamente para Laura quando a carroça parou.

– Olá, Shep! – Almanzo o saudou, então ajudou Laura a descer e destrancou a porta. – Entre enquanto guardo os cavalos.

Ela ficou olhando para o interior da casa. Estava na sala, com paredes rebocadas pintadas de branco. Na outra ponta ficava a mesa, com a toalha xadrez de Ma em cima e uma cadeira de cada lado. Havia outra porta naquela parede, fechada.

No meio da parede à esquerda de Laura havia uma janela grande que dava para o sul. De cada lado dela via-se uma cadeira de balanço, de frente uma para a outra. Junto à que estava mais perto de Laura havia uma mesinha redonda, com uma lamparina suspensa no teto. Alguém poderia se sentar ali à noite para ler o jornal, enquanto alguém tricotava na outra cadeira.

A janela ao lado da porta da frente deixava ainda mais luz entrar naquele cômodo agradável.

Duas portas estavam fechadas no outro corredor comprido. Laura abriu a mais próxima dela e deparou com o quarto. Sua colcha estava esticada sobre a cama larga, com seus dois travesseiros de penas na cabeceira. Ao pé da cama, ao longo de toda a extensão do quarto, havia uma estante larga, mais alta que a cabeça de Laura, da qual pendia uma cortina de chita florida chegando até o chão. Serviria perfeitamente como armário. O baú de Laura se encontrava encostado na parede, debaixo da janela da frente.

Ela havia visto tudo aquilo rapidamente. Então, tirou o chapéu e o colocou na estante. Abriu o baú e pegou o vestido azul do dia a dia, trocou o vestido de caxemira preta e vestiu o avental cor-de-rosa com babados por cima. Em seguida, foi até a sala da frente, bem quando Almanzo entrava pela porta ao lado da mesa.

– Vejo que está pronta para trabalhar! – ele comentou, alegre, enquanto colocava a cesta de Ma na cadeira mais próxima. – Acho que é melhor eu me preparar para meu trabalho também. – Almanzo se virou à porta do quarto e disse: – Sua mãe pediu que eu abrisse o fardo das roupas de cama e arrumasse tudo.

Laura olhou pela porta próxima da mesa. Havia um alpendre ali, onde o fogão de Almanzo havia sido instalado, e as panelas e frigideiras, penduradas na parede. Também havia uma janela e outra porta, que dava para o estábulo passando algumas árvores.

Ela voltou à sala da frente. Pegou a cesta de Ma e abriu a última porta. Sabia que devia ser a despensa, mas ficou surpresa e depois encantada com ela. Uma parede inteira era forrada de prateleiras e gavetas. Na outra ponta da despensa havia uma prateleira larga sob uma janela grande.

Laura apoiou a cesta de Ma ali e a abriu. A mãe tinha mandado um pão, uma bola de manteiga e o que havia sobrado do bolo do casamento. Laura deixou tudo ali enquanto investigava o restante do cômodo.

Uma parede contava com prateleiras do teto até a metade. As prateleiras de cima estavam vazias, mas nas de baixo havia uma lamparina de vidro, os pratos de Almanzo e duas leiteiras, além de algumas panelas. Mais acima, uma fileira de latas de especiarias.

Mais embaixo, havia gavetas de diferentes tamanhos. Diretamente embaixo dos temperos, acima da prateleira à janela, havia duas gavetas estreitas. Laura descobriu que uma estava quase cheia de açúcar branco, e a outra de açúcar mascavo. Aquilo seria muito prático!

Em seguida, vinha uma gaveta cheia de farinha, e as menores continham farinha de trigo e de milho. Ela poderia fazer qualquer preparo na prateleira sob a janela, sem precisar dar um passo. De lá, via o céu azul e as folhas das árvores do lado de fora.

Outra gaveta mais funda estava cheia de toalhas e panos de prato. Outra, ainda, guardava toalhas de mesa e guardanapos. Uma mais baixa continha facas, garfos e colheres.

Embaixo das gavetas havia espaço para uma batedeira alta de cerâmica e outras coisas que pudessem vir.

Em uma gaveta larga, mais embaixo, havia apenas um pão e meia torta. Laura guardou o pão de Ma e o bolo ali. Então, cortou um pedaço da bola de manteiga, colocou em um pratinho e o deixou ao lado do pão; depois, fechou a gaveta.

Ela viu uma argola de ferro no chão da despensa e soube que se tratava de uma porta de alçapão. Endireitou a argola e puxou. A porta se ergueu e ficou apoiada na parede da despensa oposta às prateleiras. Ali, havia um lance de escadas conduzindo ao porão.

Laura cobriu a bola de manteiga e a levou com todo o cuidado escada abaixo até o porão fresco e escuro, então a colocou em uma prateleira suspensa do teto. Laura ouviu passos acima, e enquanto voltava ouviu Almanzo chamando.

– Achei que tinha se perdido nessa casa enorme!

– Eu estava guardando a manteiga no porão, para mantê-la fresca – Laura explicou.

– Gostou da despensa? – Almanzo perguntou, e ela pensou em quantas horas de trabalho deviam ter sido necessárias para instalar todas aquelas prateleiras de modo a encaixar com todas aquelas gavetas.

– Sim.

– Então vamos dar uma olhada no potro de Lady. Quero que veja os cavalos nas baias e o lugar que arranjei para sua vaca. Ela está pastando agora, um pouco além das árvores.

Almanzo abriu caminho pelo alpendre e saiu.

Eles exploraram o longo estábulo e o curral mais além. Almanzo mostrou a ela os montes de palha ao norte, para cobrir o curral e o estábulo quando os ventos de inverno chegassem. Laura acariciou os cavalos, o potro e Shep, que os seguia de perto. Eles olharam para os bordos, salgueiros e choupos baixos.

Logo a tarde se foi. Era hora de fazer as tarefas e jantar.

– Não acenda o fogo – Almanzo sugeriu a ela. – Separe o pão e a manteiga que sua mãe nos deu. Vou ordenhar a vaca e jantaremos pão e leite.

– E bolo – Laura o lembrou.

Depois que haviam jantado e lavado a pouca louça, os dois se sentaram nos degraus da entrada enquanto a noite caía. Ouviram Prince resfolegando ao se deitar em sua cama de feno limpo no estábulo. Observaram a vaca no pasto, ruminando e descansando. Shep jazia a seus pés – já era o cachorro de Laura também.

O coração de Laura transbordava de felicidade. Ela sabia que não precisaria ter saudade de casa. Ficava tão perto que poderia passar lá sempre que quisesse, enquanto ela e Almanzo tornavam a construção nova sua própria casinha.

Tudo aquilo era deles; tinham cavalos, uma vaca e um terreno. As muitas folhas das árvores baixas farfalhavam ao vento suave.

O céu escureceu, as estrelas menores se apagaram e a lua surgiu. Sua luz prateada inundou o céu e a pradaria. O vento que sussurrara para as gramíneas durante todo o verão agora dormia, e a quietude pairava sobre a terra banhada pelo luar.

– É uma noite maravilhosa – Almanzo disse.

– É uma bela noite – Laura disse, e mentalmente ouviu a voz da rabeca de Pa e o eco de uma canção:

Os anos dourados estão indo,
Os anos felizes e dourados.